LISA LAURIN

ICH BIN DA

MEIN HERZ IN HALLSTATT

LISA LAURIN
ICH
BIN
DA
MEIN HERZ
IN HALLSTATT

Impressum

Lektorat & Korrektorat: Katharina Zimmer, Miss Libri
Umschlaggestaltung: Jennifer Schattmaier, Schattmaier Design
Illustration & Buchsatz: Michelle Tocilj, MTD.GRAPHICDESGINS
Druck und Vertrieb im Auftrag der Autorin: Buchschmiede von Dataform Media GmbH, Wien
www.buchschmiede.at - Folge deinem Buchgefühl!
Besuche uns online
ISBN:
978-3-99165-108-6 (Paperback)
Kindle Unlimited - unabhängig veröffentlicht (E-Book)
Printed in Austria

Für Mama und Papa.

Ihr seid die stärksten Menschen, die ich kenne.

Danke, dass ich eure Tochter sein darf!

Lexikon

Österreichisch	Deutsch
Häferl	Tasse
Des Mensch	Das Mädchen
Eierspeis	Rühreи
Polster	Kissen
Kübel	Eimer
Getreidegasse	Bekannte Einkaufsstraße in Salzburg, dort befindet sich unter anderem auch Mozarts Geburtshaus
Grias eich! Hobt's scho an Wunsch?	Grüß euch! Habt ihr schon einen Wunsch (etwas zu Essen oder Trinken zu bestellen)
Hausbier	Bier im jeweiligen Lokal gebraut
So, do hobt's eichare Bier. Hobt's a scho wo's zum Essn' g'fundn?	So, hier sind eure Bier. Habt ihr schon etwas zu Essen gefunden?
Krautfleckerl	Nudeln (Fleckerl) mit Weißkohl und Zwiebeln
Krapfen	Berliner
Marillenkrapfen	Berliner mit Aprikosenfüllung
Palatschinken	Pfannkuchen
Taxler	Taxifahrer

Lisa Laurin

Ich bin da

Mein Herz in Hallstatt

Roman

KAPITEL 1

Anni

Klingelnd begrüßte mich die Glocke über der Eingangstür in dem kleinen, gemütlichen Café. Der Duft von frisch gemahlenem Kaffee und von Lindas heutigen Kuchenspezialitäten wehte mir sanft um die Nase. Aus der Küche im hinteren Bereich hörte ich meine Freundin ausgelassen ein Liedchen trällern.

»Guten Morgen!«, rief ich ihr zu und legte meinen hellen Mantel ab.

Während ich mich von meinem großen herbstfarbenen Schal befreite, kam Linda bereits mit einem frisch gebackenen Apfelkuchen um die Ecke.

»Moin, Anni! Hast du gut geschlafen?« Ihr breiter Hamburger Akzent brachte mich jedes Mal zum Schmunzeln.

»Ja, das habe ich, danke. Wie hast du geschlafen?« Die Mittvierzigerin stellte den köstlich aussehenden Kuchen in die Vitrine, ehe sie sich zu mir umdrehte.

»Unglaublich gut! Du wirst es nicht glauben, aber dieser Apfelkuchen hier ist kein gewöhnlicher Apfelkuchen!«, erklärte sie mir aufgeregt.

»Ach nein?«

»Nein! Und weißt du auch warum?« Ihr strahlendes Gesicht und die Stimme, mit der sie bei jedem Wort eine Oktave höher hüpfte, ließen auch mich vergnügt lachen.

»Ich bin mir sicher, dass du es mir gleich verraten wirst.«

»Also, dieser Apfelkuchen ist kein gewöhnlicher Apfelkuchen, sondern ein ganz besonderer, weil ich das Rezept von einer ganz besonderen Person bekommen habe und deshalb ist er wirklich ganz besonders! « Ich glaube,

damit hatte sie einen neuen Rekord aufgestellt, wie oft man das Wort *besonders* in einen Satz packen konnte.

»Ist das etwa ein weiteres Geheimrezept von deiner Oma?«, fragte ich, doch sie schüttelte nur den Kopf und wedelte mit den Händen.

»Nein, nein! Versuch es nochmal!«

»Wer bäckt denn noch … von deiner Tante vielleicht?«

»Nein! Wieder falsch! Möchtest du nochmal raten? Ach was, ich sag es dir einfach! George Clooney!« Mit großen, erwartungsvollen Augen und

angehaltenem Atem sah sie mich an.

»Clooney?«, hakte ich nach. Linda nickte.

»Der Nespresso-what-else trinkende, amerikanische Superstar, sexiest Man alive George Clooney?« Skepsis spiegelte sich auf meinem Gesicht

wieder. Wieder nickte sie, hielt ihre Hände beinahe schon beschwörend in meine Richtung ausgestreckt und ließ sogar ein kleines Quietschen hören.

»Okay, dann musst du mir jetzt aber wirklich erklären, wie du das wieder geschafft hast. So ganz um die Ecke von Amerika liegt Hallstatt ja nun nicht gerade.« Auch wenn Hallstatt über die Grenzen Österreichs hinaus für sein Salzbergwerk bekannt war, so bezweifelte ich doch sehr, dass George Clooney hier einfach so herumspazierte und der Dorfklatsch mir das noch nicht mitgeteilt hätte. Ganz zu schweigen davon, dass ich nicht annahm, dass er immer ein Apfelkuchenrezept in der Jackentasche hatte.

»Und wann habt ihr den Kuchen gemeinsam gebacken ...?«, fuhr ich fort, weil ich da so eine Vermutung hatte.

»Gestern Nacht.«

»Aha!«, rief ich triumphierend. »Du hast also nur geträumt, dass du einen Kuchen mit George Clooney nach seinem Rezept gebacken hast!« Linda jedoch schien meinen Triumph nicht so ganz zu verstehen.

»Etwas anderes habe ich nie behauptet, oder?«

»Naja, du hast gesagt, dass ...«

»...dass ich das Rezept für diesen Apfelkuchen von jemandem ganz besonderen bekommen habe. George Clooney ist doch wohl jemand ganz besonderes, oder?«

»Ja schon, aber...«, setze ich erneut an, wurde jedoch wieder unterbrochen. »Und nach dem Rezept, das ich heute Nacht von Clooney bekommen habe, habe ich auch diesen Kuchen heute Morgen ALLEINE gebacken.

Also ist es ...«

»Ein ganz besonderer Kuchen, jetzt ist mir alles klar«, schmunzelte ich und trug meine Tasche hinter die Theke.

»Dann muss ich mir heute wohl unbedingt ein Stück mit nach Hause nehmen.«

»Aber natürlich musst du das! George Clooney wäre ansonsten wohl schwer beleidigt!«, erwiderte Linda im Brustton der Überzeugung.

Daraufhin mussten wir beide erst einmal herzlich lachen, ehe wir uns daranmachten, den Laden für die ersten Gäste vorzubereiten.

»Sag einmal …«, begann Linda plötzlich. »Wo wir gerade eben schon bei sexy Typen waren, gibt es da irgendwas Neues, das du mir noch nicht erzählt hast?« Verwirrt runzelte ich die Stirn und sah zu ihr hinüber.

»Nein, was sollte ich dir denn erzählen müssen?«

»Naja, hast du vielleicht endlich wieder jemanden kennengelernt?«

Ah, darauf wollte sie also hinaus. Genervt verdrehte ich die Augen und wischte weiter die Tische ab.

»Wo sollte ich denn bitte jemanden kennenlernen? Aus Hallstatt komme ich so gut wie nie raus, die Touristen hier sind immer nur auf der Suche nach einer schnellen Nummer und mit allen anderen Leuten, die in Frage kämen, bin ich aufgewachsen.«

»Hm, nicht alle, meine Liebe!«, erklärte meine Freundin breit grinsend.

»Was genau meinst du?«

»Naja, mir kam gestern zu Ohren, dass heute ein neuer Polizist auf der

Wache anfängt. Er ist ein paar Jahre älter als du, aber das macht ja nichts.

Er hat sich aus Graz hierher versetzen lassen, Gott weiß warum! Aber er soll sehr nett sein, vielleicht gefällt er dir ja?«

»Pf!« Ich pustete mir demonstrativ eine Strähne aus der Stirn.

»Das bezweifle ich sehr! Ich habe langsam genug davon, nach jedem neuen Kerl wieder allein dazustehen. Ich konzentriere mich fürs Erste lieber auf meine Bücher, den Job bei dir und der Bäckerei und darauf, das Haus von Oma endlich fertig zu renovieren.«

Ein paar Sekunden blieb es still im Café.

»Du klingst wie eine alte Jungfer, Anni! Mein Gott, du bist achtundzwanzig! Keine hundert! Du bist in der Blüte deines Lebens, genieß es doch einfach! Klar, deine Bücher sind wichtig. Sie sichern dir immerhin dein Einkommen.

Aber du musst doch nicht all das, worüber du schreibst, eins zu eins in die Tat umsetzen!«

»Das tue ich gar nicht! Ich sage doch nur, dass mir dieses ständige Fallengelassen werden unter die Haut geht«, wehrte ich ab.

»Und das verstehe ich auch, welcher Mensch mag das schon? Ich meinte nur, du sollst dich nicht schon von vornherein gegen die Männer sperren. Sei offen, und dann siehst du schon, was, oder besser gesagt, wer auf dich zukommt. Okay?« Bittend sah sie mich an. Eine weitere Diskussion wollte ich unbedingt vermeiden, weswegen ich schlicht und einfach nickte und ein »Okay« murmelte. Sichtlich zufrieden wandte Linda sich wieder ihrer Arbeit zu und ich tat es ihr gleich. Ich sollte offen gegenüber allem bleiben? Naja, einen Versuch war es wert. Wie schlimm konnte es schon werden?

KAPITEL 2

Sascha

»Guten Morgen, Kollege! Na? Bereit für die erste Stufen-Streife deines Lebens?« Andreas, knapp zwei Jahre jünger als ich, schlug mir kameradschaftlich auf den Rücken. Allerdings mit solchem Schwung, dass mein Kaffee aus dem Häferl schwappte und sich vor mir auf den Boden ergoss.

»Oh! Sorry, Mann! Das wollte ich nicht. Wie wäre es, wenn ich dir auf unserer Streife den besten Coffee-to-go spendiere, den du je getrunken hast?«

»Den besten, den ich je getrunken habe? Da stellst du aber hohe Ansprüche an einen Kaffee. Vergiss nicht, ich komme eigentlich aus der Stadt. Das bedeutet: ein *Starbucks* an jeder Ecke!«, erwiderte ich lachend, während ich den verschütteten Kaffee aufwischte. Andreas, der sich zu mir gehockt hatte und mir dabei half, winkte ab.

»Ach, Quatsch! Dieses Gesöff kannst du doch nicht mit dem Kaffee vergleichen, den ich meine! Linda kauft die Bohnen direkt in Südamerika von einem Bauern ein. Alles zu einem fairen Preis natürlich! Und ich weiß nicht, was es ist, das sie dazugibt, aber irgendwie schafft sie es, den Kaffee jedes Mal außergewöhnlich schmecken zu lassen!« Mein Kollege geriet geradezu ins Schwärmen.

»Na, wenn du so hoch davon sprichst, dann bleibt mir wohl nichts anderes übrig, als den berühmtesten Kaffee Hallstatts zu probieren«, erwiderte ich und Andreas strahlte mich an. »Du wirst es nicht bereuen! Außerdem ist heute Donnerstag, da hat Anni immer die Frühschicht.« »Und wer ist diese Anni?«, fragte ich mehr aus Höflichkeit als aus Interesse, denn von Frauen wollte ich schon länger nichts mehr wissen. »Oh, sie wird dir gefallen! Anni ist hier bei ihrer Großmutter aufgewachsen. Als diese dann vor zehn Jahren verstarb, hat Anni ihr Haus geerbt und beschlossen, in Hallstatt zu bleiben. Wir sind sozusagen Sandkastenfreunde«, erklärte er. Freundlich lächelnd bestätigte ich und entsorgte die mit Kaffee vollgesogenen Papiertücher.

Wenig später gingen wir durch die ruhige Innenstadt. Um diese Jahreszeit, so hatte mir Andreas erklärt, waren nur noch vereinzelt Touristen hier und meist war es sehr ruhig.

Genau das hatte ich gesucht. Ruhe. Nach dem letzten Jahr konnte ich einfach nicht mehr in Graz bleiben. Ich brauchte einen Ort, an dem ich auch einmal nur für mich sein konnte. Wo ich mich wieder auf die Arbeit freuen und auch meine Freizeit genießen konnte. Ich wollte dorthin, wo niemand mich oder meine Geschichte kannte. Als mir dann bei meiner Jobsuche die Stelle in Hallstatt in die Hände fiel, war es für mich klar. Zwar könnte mich jemand erkennen, falls er oder sie hier Urlaub machte, doch ich hatte nicht vor, viel Zeit in Zivil in der Innenstadt zu verbringen. Darum hatte ich ein kleines Häuschen am äußeren Rand des Orts erstanden. Ein Schuppen mit einem Elektroboot, ein paar Gehminuten entfernt, gehörte auch dazu. Und da ich ein Auto besaß, konnte ich auch außerhalb Hallstatts einkaufen gehen. Ja, ich hatte alles genau durchdacht.

Ich würde für mich sein und mir hier ein neues, ruhiges Leben aufbauen.

»So, da sind wir!« Das helle Klingeln einer Glocke riss mich aus meinen Überlegungen. Das passierte mir in letzter Zeit öfter. Ich versank so tief in Gedanken, dass ich meist gar nicht mitbekam, was um mich herum geschah. Andreas folgend betrat ich das Café. Es war gemütlich eingerichtet, nicht zu modern, aber auch nicht zu altbacken. Bücher schienen hier ein zentrales Thema zu sein, denn egal, wohin man sah, lag ein Buch. Man konnte sich eines aus einem Regal leihen und einige Bücher waren als Dekoration schön zusammengestellt oder sogar geschnürt und mit einer Kerze obendrauf drapiert worden. Selbst auf den Bildern an den Wänden war das Thema deutlich zu erkennen. Es gefiel mir, ich fühlte mich auf Anhieb wohl.

Während mein Blick durch den Raum glitt, blieb er plötzlich an einer hübschen, jungen Frau hängen. Ihr hellbraunes Haar hatte sie kunstvoll hochgesteckt. Sie trug Jeans, Stiefel und einen grauen Pullover, der sich, wie ich zugeben musste, eng an ihre wunderbaren Kurven schmiegte.

Sie stand an einem der Tische, hielt ein leeres Tablett in der Hand und unterhielt sich mit einem älteren Herrn. Gerade lachte sie aus vollem Herzen.

Kopfschüttelnd sah ich weg und ärgerte mich über mich selbst. Ich wollte doch meine Ruhe haben! Und trotzdem wanderte mein Blick sofort wieder zu ihr. Augenblicklich war ich von mir selbst genervt und meine Stimmung im Keller.

Als die Tür hinter uns ins Schloss fiel und erneut ein Klingeln ertönte, wandte sie sich uns zu. Sie winkte kurz und verabschiedete sich von ihrem Gast. Die brünette Schönheit verschwand wieder hinter der Theke und band sich ihre weiße Schürze enger um die Hüfte.

»Morgen, Anni!« Andreas stützte sich auf den Tresen.

»Guten Morgen, Andreas«, begrüßte die Frau meinen Kollegen grinsend, ehe sie sich mir zuwandte. Dabei verblasste ihr Lächeln ein wenig und sie runzelte die Stirn.

»Sie müssen unser neuer Freund und Helfer sein. Willkommen in Hallstatt! Ich bin Annika Roger, aber sagen Sie bitte Anni zu mir.« Höflich hielt sie mir ihre Hand hin.

»Sascha Richter«, erwiderte ich und drückte ihre Hand nur kurz. Ihr dürfte meine verärgerte Stimmung nicht entgangen sein, denn sie hob fragend eine Augenbraue. Als ich jedoch nicht reagierte, wandte sie sich wieder an Andreas.

»Wie immer?«, erkundigte sie sich und ihr Lächeln war zurückgekehrt.

»Ja, bitte. Sascha, was möchtest du?« »Kaffee, schwarz, bitte«, grummelte ich und sah mich wieder in dem Raum um. Es war besser überall anders hinzusehen, Hauptsache nicht zu ihr. Aus dem Augenwinkel nahm ich wahr, wie Andreas und Anni sich ansahen und mein Kollege kurz mit den Schultern zuckte. Ihre Verwirrung war verständlich, ich konnte mir mein Verhalten ja selbst nicht erklären.

Eigentlich war ich ein netter Kerl. Immer freundlich, hilfsbereit. Aber irgendetwas an dieser Frau schien meine schlechte Seite zum Vorschein zu bringen, ob ich das nun wollte oder nicht. Kurze Zeit später stellte sie zwei große Becher vor uns ab.

»Bitte schön. Einmal Cappuccino und einmal schwarz. Macht zehn Euro, bitte.« Beinahe hätte ich mich verschluckt. Zehn Euro für zwei Kaffee? Wofür hielten die sich denn? Für *Starbucks*? »So viel für zwei Kaffees?«, rutschten mir die Worte heraus, bevor ich sie zurückhalten konnte. Stirnrunzelnd wandte sie sich an mich.

»Ja, vier Euro für den Cappuccino und drei für den schwarzen Kaffee. Außerdem kommt ein Euro fünfzig pro Getränk als Pfand für die To-Go-Becher dazu. Aber den bekommen Sie ja wieder, wenn Sie uns die Becher wiederbringen.«

Ich meinte, einen spöttischen Unterton in ihrer Stimme zu hören und sah auf die zwei Kaffees hinab.

Das waren wirklich keine normalen Wegwerfbecher. Sie waren aus einem Material gefertigt, das wie Bambus aussah, und sie waren mit dem Logo des Cafés verziert. Eigentlich sogar ganz hübsch. Und dafür als Pfand nicht einmal zwei Euro zu verlangen, war überraschend wenig.

Da war es auf jedem Adventmarkt ja teurer.

»Oh. Das habe ich nicht gesehen, sorry«, murmelte ich daher und gab ihr zusätzlich zu den zehn noch zwei Euro Trinkgeld. Sie bedankte sich kühl und warf das Geld in eine kleine Spardose direkt vor mir, auf der groß die Worte *Trinkgeld* und *Danke* standen. Ich war heute wirklich ein totales Schaf!

Normalerweise entging mir nicht einmal die kleinste Kleinigkeit, aber heute verpasste ich wohl so einiges. Ich schob es kurzerhand auf die neue Arbeit und bedankte mich kleinlaut, als Andreas und ich uns auf den Weg hinaus aus dem Café machten.

»Ach, Andreas! Bleibt es bei morgen Nachmittag um drei?«, rief uns Anni noch hinterher. Mein Kollege blieb an der Tür stehen, salutierte scherzhaft und lachte ihr ein »Sehr wohl, Madame«, entgegen. Danach traten wir ins Freie.

»Nur eine Freundin, hm?«, grummelte ich in Andreas' Richtung, während ich einen Schluck Kaffee trank.

»Ja, nur eine Freundin«, erwiderte er und grinste mich an.

»Und? Wie schmeckt der Kaffee?« Ich wollte es nicht zugeben, aber dieser Kaffee war wirklich der beste, den ich je getrunken hatte!

»Ist ganz okay«, entgegnete ich, was mir einen festen Schlag auf den Rücken einbrachte. »Ha! Ich wusste doch, dass er dir schmecken würde!«, freute sich Andreas triumphierend. Kopfschüttelnd folgte ich ihm. Ich hatte das Gefühl, dass dieser Ort noch so einiges für mich auf Lager hatte.

KAPITEL 3

Anni

» Anni! Was machst du denn da? Warum hast du nicht auf mich gewartet?« Andreas erschrockene Stimme ließ mich kurzzeitig auf der hohen Leiter taumeln, ehe ich mich am nächstgelegenen Balken meines Balkons anhalten konnte.

»Mensch, Andreas! Wegen dir wäre ich beinahe von der Leiter gestürzt!«, schimpfte ich und stieg vorsichtig eine Sprosse nach der anderen hinab.

»Deshalb hatte ich dir ja auch gesagt du sollst auf mich warten«, lachte er, stieg über das Balkongeländer und hob mich den letzten Meter kurzerhand herunter. »Wenn ich immer auf dich warten würde, täte ich nichts anderes mehr. Wo warst du? Wir waren vor über einer Stunde verabredet!«

Meinen Ärger schien er mir offenbar anzumerken, denn er machte sich gleich daran, mit Bürste und Staubwedel die Leiter auf meinem Balkon hinaufzuklettern.

»Ich weiß, tut mir leid. Sandra ist vorhin vorbeigekommen und …« Lachend hob ich die Hände. »Alles klar, verstehe!« Andreas Grinsen sagte bereits alles. Sandra und er hatten sich vor einem Jahr auf einem Fortbildungslehrgang kennengelernt. Dort hatte es gleich gefunkt. Wie sich herausgestellt hatte, wohnte Sandra nur eine halbe Stunde von Hallstatt entfernt.

Seither sahen sich die beiden regelmäßig, planten demnächst zusammenzuziehen und auch zu dritt hatten wir schon viel unternommen.

»Warum hast du sie nicht mitgebracht? Wir hätten uns gemütlich auf die Couch gesetzt, eine Flasche Wein aufgemacht und dir beim Arbeiten zugesehen.«

Mein Kindheitsfreund drehte sich halb zu mir um und streckte mir die Zunge entgegen.

»Genau deswegen habe ich sie nach Hause geschickt. Ihr beiden versteht euch einfach viel zu gut!« Kopfschüttelnd machte ich mich daran, den bereits gereinigten Teil des Balkons mit einer neuen Holzlasur zu versehen.

Wir hatten uns genau den richtigen Tag dafür ausgesucht. Denn obwohl es bereits Ende Oktober war, schien heute die Sonne kräftig vom Himmel.

Eine Weile arbeiteten wir schweigend nebeneinanderher. Das war einer der Gründe, warum ich mich bis heute so gut mit Andreas verstand. Mit ihm musste man nicht immer reden. Man konnte auch einfach nichts sagen.

»Was hältst du eigentlich von Sascha?«, durchbrach Andreas die Stille, während er die Leiter ein Stückchen weiter nach links verschob. Stirnrunzelnd sah ich zu ihm auf.

»Meinst du deinen neuen Kollegen?« Andreas nickte. Ich widmete mich wieder meiner Aufgabe und zuckte nur kurz mit den Schultern.

»Sonderlich sympathisch wirkte er gestern jedenfalls nicht. Eher etwas eingebildet und zu sehr von sich selbst überzeugt.«

»Lustig, dasselbe hat er über dich gesagt.«

»Was?« Mir fiel beinahe der Pinsel aus der Hand. Dieser eingebildete, arrogante, selbstgefällige … Schnösel!

Vor mich hin murmelnd strich ich energisch weiter, bis Andreas mir den Pinsel aus der Hand nahm.

»Hey, lass den armen Pinsel weiterleben! Ich bin mir sicher, Sascha hat das nicht so gemeint. Es gibt auf der Station einige Gerüchte, warum er von Graz ausgerechnet zu uns gewechselt ist. Hat wohl etwas mit seiner letzten

Freundin zu tun«, erzählte er, während er wieder auf die Leiter kletterte, um ebenfalls mit dem Streichen zu beginnen.

»Und das gibt ihm das Recht so ein Ekel zu sein?«, grummelte ich vor mich hin. Andreas gab darauf nur ein amüsiertes Kichern von sich. Erneut verfielen wir in angenehmes Schweigen.

»Puh! Das wäre geschafft!« Erleichtert ließ ich mich drei Stunden später neben Andreas auf die Couch fallen.

»Ich wusste gar nicht, dass dein Balkon so groß ist!«, beschwerte er sich ächzend und streckte seine Beine in meine Richtung. Eine Weile lagen wir vollkommen fertig da, bis plötzlich mein Magen laut zu grummeln begann.

»Wollen wir etwas bestellen?«, fragte ich, doch Andreas schüttelte nur den Kopf.

»Sorry, aber ich muss heim. Ich möchte Sandra mit einem Wochenendausflug in die Therme überraschen. Wir fahren in einer Stunde los, wenn sie von ihren Eltern zurück ist«, erwiderte er. Purer Neid erfasste mich, dennoch rang ich mir ein Lächeln ab.

»Worauf wartest du dann noch? Auf, auf, Romeo! Genießt die Zeit zu zweit.« Andreas stand auf, blieb jedoch stehen und blickte besorgt auf mich herab.

»Bist du sicher, dass du klarkommst?« Noch immer ein Lächeln ins Gesicht gepflastert winkte ich ab.

»Wann wäre ich denn jemals nicht zurechtgekommen? Außerdem muss ich so oder so an meinem Buch weiterarbeiten.

Der Veröffentlichungstermin ist in wenigen Wochen und ich habe noch viel zu viele Korrekturen einzuarbeiten.«

Andreas schien mir meine fröhliche Miene zwar nicht ganz abzukaufen, aber wenn er nicht zu spät kommen wollte, dann musste er jetzt los.

Mit einer Umarmung verabschiedete ich ihn an meiner Haustür und wünschte ihm und Sandra erneut viel Spaß. Doch kaum fiel die Tür hinter ihm ins Schloss, verschwand mein Lächeln. Antriebslos schlich ich durch das Haus, in dem meine Oma mich aufgezogen hatte. Es sah dank diverser

Renovierungen schon lange nicht mehr nach dem altbackenen Heim meiner Großmutter aus, aber trotzdem war es das einzige Zuhause, das ich kannte.

Mit einem tiefen Seufzer raffte ich mich auf, zog Schuhe und Mantel an, schnappte mir meine immer bereitstehende Schreibtasche und verließ mein kleines Heim. Die vielen Stufen, die ich hinabgehen musste, störten mich schon seit Jahren nicht mehr. Da ich in einer der mittleren Reihen wohnte, musste ich zwangsläufig mehrmals pro Tag an die hundert Stufen erklimmen und wieder hinabsteigen.

Doch gerade diese Bauweise machte Hallstatts Charme aus. Ich ging durch die schmalen Gassen. Die Straßenlaternen hatten gerade angefangen zu

leuchten und es dämmerte bereits. Nicht mehr lange und die ganze Stadt wäre in eine nächtliche Schwärze getaucht. Ich passierte den Hauptplatz, die kleine Promenade, die im Sommer nur so von Touristen wimmelte, und ging zielstrebig ans andere Ende der kleinen Ortschaft.

Dort stand der Schuppen, den mein Großvater zu seinen Lebzeiten gerne als Tüftlerwerkstatt verwendet hatte. Ich konnte mich nur noch dunkel an meinen Opa erinnern.

Er starb, als ich gerade einmal zehn Jahre alt gewesen war. Doch eines ist mir bis heute im Gedächtnis geblieben: Wann immer er mich gesehen hatte, ließ er alles stehen und liegen. Er strahlte mich an, hob mich auf seine Arme und begrüßte mich mit seinem ganz eigenen Spitznamen für mich. Hexe.

Ich war immer seine kleine Hexe gewesen.

Warum er mich so nannte, wusste ich nie, doch ich verband damit nur Gutes. Er hatte es nie in Wut zu mir gesagt, sondern ausschließlich liebevoll. Oma war nach seinem Tod nie wieder in dem Schuppen gewesen, ich jedoch schon.

Ich hatte mir dort eine Kuschelecke eingerichtet und über die Jahre wurde das Gebäude zu meinem Zufluchtsort. Nachdem meine erste Trilogie erschienen war, die ich in diesem Schuppen an einem alten Schreibtisch geschrieben hatte, und alle Erwartungen an die Verkaufszahlen übertraf, beschloss ich, das kleine Häuschen umzubauen.

Von außen sah es noch immer aus wie ein alter, leerstehender Schuppen. Das Holz wurde damals absichtlich wieder so hergerichtet, damit es in die Umgebung passte. Innen sah es jetzt jedoch völlig anders aus. Es war hell und offen gestaltet mit vielen Deckenbalken. Wenn man durch die Tür trat, befand sich links gleich ein kleines Badezimmer, nur durch Milchglas vom übrigen Raum getrennt. Dahinter fand eine kleine Küchenzeile Platz.

Ich verbrachte viele meiner Tage hier, doch ich blieb nur am Wochenende auch über Nacht. Dann kochte ich mir etwas und genoss die Ruhe. Ein kleiner Esstisch mit zwei Sesseln hatte ebenfalls Platz gefunden. Keine Ahnung, warum ich zwei Stühle gekauft hatte. Noch nie war jemand außer mir hier gewesen. Ein großer, bequemer Ohrensessel mit Hocker stand mitten im Raum. Ebenso die Schaukel, die von einem der Dachbalken hing.

Ein Doppelbett befand sich auf der rechten Seite der Eingangstür. Doch das Highlight meiner kleinen Schreibwerkstatt war die gesamte gegenüberliegende Wand.

Sie bestand komplett aus Glas. Ich hatte einen perfekten Blick über den Hallstätter See. Dennoch genoss ich vollkommene Privatsphäre, da das Glas so beschichtet war, dass man von außen nicht einmal dann hereinsehen konnte, wenn innen eine Stadionbeleuchtung gestanden hätte.

Mein Schreibtisch hatte ebenfalls dort seinen Platz gefunden. Bilder hingen, bis auf die gerahmten Cover meiner Bücher, keine an den Wänden. Absichtlich nicht, denn nichts sollte mich beim Schreiben ablenken. Doch die gesamte rechte Wand war mit einer magnetischen Farbe bemalt worden. Somit konnte ich ohne Probleme meine Recherchen, Orte, Zeichnungen und meinen roten Wollfaden, der sich immer durch die ganze Geschichte an der Wand schlängelte, aufhängen. Ich konnte sie immer zu Rate ziehen, wenn ich wieder einmal den Namen oder die Augenfarbe des Sidekicks in meinen Büchern vergessen hatte.

Ich fühlte mich wohl hier. Alles war kuschelig, heimelig und doch minimalistisch. Zuallererst zündete ich, wie immer um diese Jahreszeit, die vielen Kerzen an, die ich in hohen Glasgefäßen im Raum verteilt hatte.

Ein herrlich schummriges Licht erfüllte kurz darauf meinen Rückzugsort, während es draußen immer dunkler wurde. Über mein Handy begann ich, die Musik abzuspielen, die ich immer beim Schreiben hörte. Es war eine Dauerschleife eines Violinenstücks.

Ich konnte es stundenlang, manchmal sogar tagelang, hören. Die Lautstärke stellte ich immer so ein, dass alle anderen Geräusche überdeckt wurden und ich ganz in der Welt meines Buchs versinken konnte.

Hier draußen störte die Musik niemanden. Die Leute kannten mich und untertags schaltete ich ein paar Stufen leiser. Abends oder in der Nacht jedoch konnte ich die Musik so laut drehen, wie ich wollte, da niemand in unmittelbarer Umgebung wohnte.

Ich packte meinen Laptop aus und stellte ihn auf meinen Schreibtisch vor dem großen Fenster. Das Teewasser kochte wenige Minuten später und ein wundervoller Duft von Orange und Ingwer breitete sich im Raum aus, als ich die Teebeutel hinzugab. Aktuell arbeitete ich an den Korrekturen für eine Love-and-Crime-Story. Das Buch sollte am zwanzigsten Dezember, also kurz vor Weihnachten, veröffentlicht werden. Bis dahin gab es aber noch viel zu tun. Daher drehte ich die Musik noch zwei Stufen lauter, setzte mich an meinen Schreibtisch und begann, die Korrekturen meiner Lektorin einzuarbeiten.

Ich war noch nicht einmal zwei Seiten weit gekommen, als ein wütendes Hämmern an meiner Tür erklang. Stirnrunzelnd stand ich auf. Wer war denn um diese Uhrzeit an einem Freitagabend noch hier unterwegs?

Als ich die Tür jedoch öffnete, staunte ich nicht schlecht.

»Du?«, entfuhr es uns unisono. Vor mir stand Sascha in einer dunkelgrauen Winterjacke, Jeans und schweren Arbeitsstiefeln.

»Hätte ich mir ja gleich denken können, dass nur eine vollkommen

Verrückte die Musik um diese Uhrzeit so laut aufdreht!«, schnaubte er und sah mich dabei noch nicht einmal richtig an. Ich setzte bereits zu einer Antwort an, doch soweit ließ er mich gar nicht erst kommen.

Stirnrunzelnd hatte er einen Blick über meine Schulter geworfen, ehe er einfach an mir vorbeiging und in meinen persönlichen Rückzugsort eindrang. Sprachlos starrte ich ihm hinterher. Die Tür stand noch immer sperrangelweit offen und die kühle Abendluft zog herein, doch ich konnte mich nicht rühren.

Jemand war in *mein* Paradies getreten.

Er war in *mein* Paradies getreten!

Und das ohne meine Erlaubnis! Eine noch nie dagewesene Wut packte mich und verschaffte sich augenblicklich Luft.

»Wer zur Hölle glaubst du eigentlich, wer du bist, verdammt nochmal?«, schrie ich ihn an und stürmte wie eine Furie, die ich in diesem Moment auch war, auf ihn zu.

»Das ist *mein* Haus! *Du* bist hier *nicht* willkommen! Also beweg gefälligst deinen Arsch und *verschwinde*!«

Schwer atmend, bei einem Stier hätte man es wohl eher als wütendes Schnauben bezeichnet, blieb ich einen knappen halben Meter vor ihm stehen.

Er hatte die Arme vor seiner breiten Brust – nein, nur vor seiner Brust – verschränkt. Ihn schien mein Auftreten nicht im Geringsten zu beeindrucken. Lediglich zu dem Heben einer Augenbraue ließ er sich herab, bevor er mit dem Daumen über seine Schulter und damit auf die Wand deutete, an der all meine bisher erschienenen Buchcover gerahmt nebeneinander hingen. Neun waren es an der Zahl, der zehnte, derzeit noch leere Rahmen, würde in wenigen Wochen von meinem neuen Buch gefüllt werden.

»Bist du auch so ein verrückter Fan dieser Bücher, oder was?«, fragte Sascha in einem spöttischen Tonfall.

»Wenn du dein Gehirn einen Millimeter weiter denken lassen würdest, als es in deinem Job von Nöten ist, und den Namen der Autorin gelesen hättest, dann hättest du dir die Frage eigentlich sparen können«, schnappte ich und verschränkte ebenfalls meine Arme vor der Brust. Okay, ich hätte vielleicht nicht ganz so ausfallend werden müssen, aber noch niemals zuvor war einfach so jemand Fremdes in mein Reich der Ruhe eingedrungen. Das nahm ich diesem aufgeblasenen Schnösel sehr übel!

Offenbar hatte ich ihn mit meiner Aussage ziemlich verärgert. Sichtlich sauer und mit zusammengebissenen Zähnen ging er einen Schritt auf mich zu.

»Jetzt hör mir mal gut zu Mädchen! Mir ist es scheiß egal, wer du bist, wen du kennst oder was du hier tust. Ich lasse mich von so einem eingebildeten Weibsbild wie dir garantiert nicht beleidigen!« Mit jedem Wort kam er mir näher.

»Ich rate dir, ab sofort die Musik nur noch über Kopfhörer auf voller Lautstärke laufen zu lassen, sonst zeige ich dich wegen Ruhestörung an! Und dabei wird dir dein Freund Andreas dann auch nicht helfen können!« Daraufhin rauschte er an mir vorbei, verließ meine kleine Hütte und knallte die Tür dabei so heftig ins Schloss, dass es mich wunderte, als diese nicht aus den Angeln fiel.

»Vollidiot!«, rief ich ihm dennoch lautstark hinterher, bevor ich mich in bester Disney-Prinzessinnenmanier auf das Bett fallen ließ und all meinen Ärger in das Kissen brüllte.

Als ich mich wieder beruhigt hatte, atmete ich noch einige Male tief durch, ehe ich mich wieder an den Schreibtisch setzte und weiterarbeitete.

Zum ersten Mal ohne Musik.

KAPITEL 4

Anni

»Guten Morgen, Anni! Wie war dein Wochenende?« Freundlich lächelte mich meine Nachbarin Marion an, als ich gerade dabei war, meine Haustür aufzuschließen.

»Guten Morgen«, erwiderte ich. »Es war sehr produktiv, danke. War hier alles in Ordnung?« Wenn ich am Wochenende oder in einer besonders intensiven Schreibphase selten zu Hause war, sah Marion für mich nach dem Rechten. »Alles gut. Ich habe nur gesehen, dass deine Balkontür leicht offenstand und habe sie geschlossen, als ich am Samstag in der Früh von meiner Gassi-Runde mit Baster zurückgekommen bin. Ich hoffe, das war in Ordnung.«

Verwirrt runzelte ich die Stirn.

»Die Balkontür war offen? Aber ich habe sie ganz sicher geschlossen, bevor ich am Freitag losgegangen bin.«

»Mach dir keinen Kopf, Anni«, winkte meine Nachbarin ab.

»Soweit ich sehen konnte, war alles in Ordnung. Und so etwas passiert doch jedem einmal. Du hast es bestimmt nur vergessen.« Nachdenklich sah ich in den Hausflur, an dessen Ende man die Balkontür sehen konnte.

»Ja, vermutlich hast du recht«, murmelte ich. Wir verabschiedeten uns und ich betrat mit einem mulmigen Gefühl das Haus. War jemand hier gewesen?

Hatte jemand im Vorbeigehen die offene Balkontür bemerkt und sich das zu Nutze gemacht? Unsicher sah ich mich in jedem einzelnen Raum um, doch nichts schien zu fehlen. Ich achtete auf jedes noch so kleine Detail, aber alles stand an seinem Platz. Zu guter Letzt betrat ich den Balkon. Auch hier war alles wie immer. Dennoch sah ich auch über die Brüstung, an der direkt angrenzend die Stufen hinauf zum Friedhof verliefen. Jedem Vorbeikommenden wäre es ein Leichtes gewesen, auf den Balkon zu steigen und das Haus leer zu räumen. Andreas nutzte diesen Weg in mein Haus im Sommer regelmäßig und erschreckte mich jedes Mal damit.

»Na, da hast du ja noch einmal Glück gehabt, Anni«, sagte ich leise zu mir selbst und verschwand wieder ins Wohnzimmer. Der Gedanke an die offene Tür ließ mir jedoch keine Ruhe und so verging keine Stunde, in der ich nicht sämtliche Türen und Fenster kontrollierte, ob sie auch wirklich fest verschlossen waren.

Am Abend war ich gerade dabei, das Abendessen zuzubereiten, als es so heftig an der Tür klopfte, dass mir der Kochlöffel vor Schreck in den Topf fiel und alles rundherum bekleckerte.

»Mist, verdammt!«, fluchte ich, griff nach einem Geschirrtuch und begann, die Flecken auf meiner Kleidung zu entfernen, während ich mich auf den Weg zur Haustür machte. Erneut hämmerte derjenige an meine Tür.

»Ja doch! Ich komme ja schon!«, rief ich genervt, bevor ich öffnete.

»Was willst du denn hier?«, fragte ich nicht sonderlich begeistert, als ich den spätabendlichen Besucher erblickte. Sascha stand in voller Polizeimontur vor mir und sah ebenso erfreut aus, mich zu sehen.

»Andreas hat auf dem Heimweg deine Nachbarin getroffen und sie hat ihm gegenüber erwähnt, dass deine Balkontür am Wochenende offen gestanden hat. Du wärst dir aber ganz sicher gewesen, sie geschlossen zu haben. Da ich noch an meinem Papierkram gesessen bin, hat er mich angerufen und mich gebeten, bei dir nach dem Rechten zu sehen«, erklärte er genervt. Im ersten Moment fiel mir darauf nichts ein. Ich stand einfach nur da und blinzelte ihn verdutzt an. Sascha verschränkte die Arme und hob eine Augenbraue.

»Was ist nun? Darf ich reinkommen und mich kurz umsehen, damit ich Andreas sagen kann, er soll nicht so rumspinnen und ich endlich Feierabend machen kann?« Ohne ein Wort trat ich zur Seite und ließ ihn herein. Meine Gedanken rasten noch immer um die Tatsache, dass Andreas ausgerechnet diesen Schnösel vorbeigeschickt hatte, um nach dem Rechten zu sehen.

Was dachte er sich nur dabei? Dass ich Sascha in seiner sexy Uniform sehen und mich ihm sofort an den Hals werfen würde? Wie kam er nur auf so eine dumme Idee? Wobei, eigentlich wusste ich gar nicht, ob Andreas diese Absicht gehabt hatte, oder ob er ebenfalls glaubte, dass etwas nicht stimmte. Ich hatte die Tür doch ganz sicher abgeschlossen! Und außerdem … Moment!

Sexy Uniform?

»Hey! Heizt du für ganz Hallstatt mit? Mach die Tür zu!« Ertappt zuckte ich zusammen und schloss eilig die Tür. Ich beobachtete Sascha dabei, wie er durch mein ganzes Haus lief. Mal sah er hier hin, mal blieb er dort stehen, aber er sprach kein einziges Wort. Erst der Geruch nach verbranntem Essen riss mich aus meiner Starre.

»Scheiße!«, fluchte ich und lief in die Küche. So schnell ich konnte zog ich den Topf vom Herd. Dabei verbrannte ich mich und fluchte noch mehr.

Als ich meine Hand schon unter den eiskalten Wasserstrahl halten wollte, packte plötzlich eine größere Hand meinen Unterarm. Sascha stand nur wenige Zentimeter hinter mir und mit seiner freien Hand drehte er das Wasser wärmer. Erst als er die Temperatur für angemessen hielt, dirigierte er meinen Arm unter den Strahl. Eine Weile standen wir schweigend so da und sahen meiner Hand zu, wie sie sich rot verfärbte.

»Du musst besser aufpassen, Annika«, raunte er mir ins Ohr. Sein Atem kitzelte mich dabei im Nacken und ein Schauer lief mir den Rücken hinab.

»Danke«, sagte ich kurz darauf, als mir klar wurde, wie nah er mir war, und dass er noch immer meinen Arm festhielt. Vorsichtig entzog ich ihm meine Hand und zwängte mich eilig an ihm vorbei in mein Badezimmer. Dort kramte ich eine Weile mit meiner unverletzten Hand in der Arzneischachtel herum, bis ich die kühlende Salbe gefunden hatte. Vorsichtig trug ich diese auf meine Haut auf und zog zischend die Luft ein. Ein Kribbeln breitete sich in meinem Nacken aus. Ein Blick zur Tür bestätigte meine Vermutung. Sascha war mir gefolgt und lehnte mit einem unergründlichen Gesichtsausdruck im Türrahmen, die Arme erneut vor der breiten Brust verschränkt.

Eine Zeit lang sah er mir schweigend zu, bis ich versuchte, mir selbst einen Verband anzulegen.

»Bist du immer so tollpatschig?«, fragte er, verdrehte die Augen und kam auf mich zu.

»Komm her, lass mich das machen.«

»Nein, ich schaffe das schon«, entgegnete ich trotzig und wollte mich von ihm wegdrehen. Er griff jedoch nach meinem Oberarm und zog mich zurück. Kurz darauf fand ich mich mit meiner Nase auf Höhe seiner Brust wieder.

»Keine Widerrede. Wenn du in dem Tempo weiter versuchst, dir den Verband selbst umzubinden, stehe ich noch übermorgen hier.« Grummelnd ließ ich ihn machen. Keine Minute später war er fertig.

»Siehst du? War doch gar nicht so schlimm.« Fast glaubte ich, ein Lächeln in seiner Stimme zu hören. Misstrauisch sah ich zu ihm auf.

»Warum bist du auf einmal so nett zu mir? Vor drei Tagen hast du mir noch damit gedroht, mich wegen Lärmbelästigung anzuzeigen und jetzt hilfst du mir? Wieso?« Meine Worte schienen ihn offenbar wachzurütteln.

Augenblicklich trat er von mir zurück und verließ das Badezimmer.

Neugierig, was er nun wieder vorhatte, ging ich ihm hinterher. Vor der Haustür blieb er stehen und sah sich noch einmal um.

»Hier scheint ja alles in Ordnung zu sein. Ich werde Andreas sagen, dass er das nächste Mal selbst vorbeikommen soll«, sprach er mit nun wieder eisiger Miene und verschwand ohne eine Verabschiedung in die Nacht hinaus.

»Männer!«, murmelte ich. Kopfschüttelnd schloss ich die Eingangstür und machte mich auf den Weg in die Küche, um das Chaos von vorhin zu beseitigen.

KAPITEL 5

Sascha

Kaum war ich aus ihrem Haus in die Dunkelheit des Abends verschwunden, zückte ich mein Handy. Dabei übersah ich den mir entgegenkommenden Mann und rempelte ihn an.

»Entschuldigung!«, sagte ich, doch er hielt den Kopf gesenkt.

Mit hochgezogenen Schultern ging er eilig ohne eine Reaktion darauf weiter. Ich runzelte kurz die Stirn, dachte mir jedoch nichts dabei. Viele Menschen hatten Angst oder schlechte Erfahrungen mit Polizisten gemacht. Daher war es nicht verwunderlich, dass einige einfach weitergingen oder sogar den Blickkontakt vermieden, wenn sie jemanden in Uniform sahen.

Ich konzentrierte mich wieder auf mein Handy und wählte Andreas' Nummer. »Hey Sascha! Alles okay bei Anni?«, fragte er, nachdem er nach dem ersten Freizeichen abgehoben hatte.

»Bis auf die Tatsache, dass sie absolut tollpatschig ist und sich damit irgendwann einmal selbst umbringen wird, ja. Alles in Ordnung.« Mein Kollege seufzte erleichtert auf und lachte gleichzeitig.

»Okay, okay, ihr beide werdet wohl keine Freunde mehr. Schon verstanden. Danke trotzdem, dass du nach ihr gesehen hast.« »Kein Problem«, erwiderte ich.

»Dann bis morgen, Mann. Schönen Feierabend«, sagte Andreas.

»Danke, dir auch.«

Auf dem Heimweg ging ich gedanklich nochmal jedes Detail durch, das ich in Annis Haus gesehen hatte. Es war ein kleines Haus mit drei Zimmern auf nur einem Stockwerk. Wenn man durch die Eingangstür in den schmalen Hausflur trat, hatte man gleich zu seiner rechten einen kleinen Garderobenschrank und zu seiner linken die Küche. In dieser hatten nicht mehr als zwei Personen Platz, aber sie war in Weiß und Grau gehalten und wirkte sehr modern. Auch die übrige Einrichtung war weiß mit hellen Holzapplikationen. Eine große gelbe Couch stand links im Wohnzimmer, in das man trat, wenn man an der Küche vorbeiging. Gegenüber befand sich ein Fernseher und in der Ecke, direkt an den großen Balkonfenstern, war ein kleiner Esstisch.

Alles wirkte sehr ordentlich, aber nicht so steril, wie es in vielen Magazinen und im Fernsehen immer wieder gezeigt wurde. Bei meinem Streifzug durchs Haus warf ich auch einen Blick in das kleine Gästezimmer, in dem eine Ausklappcouch, ein Kleiderschrank und eine Kommode mit Fernseher standen. Dieses Zimmer befand sich zwischen dem Badezimmer und ihrem Schlafzimmer, in das ich, wie ich zu meiner eigenen Schande gestehen musste, einen etwas längeren Blick geworfen hatte. Ihr Schlafzimmer war klein, doch sämtliche Wände waren mit deckenhohen, gut gefüllten Bücherregalen verstellt. Gerade mal ein schmales, eingebautes Schrankbett und ein Lesesessel in der Ecke fanden darin noch Platz. Als ich diese Anhäufung von Büchern gesehen hatte, musste ich grinsen. Auch, wenn ich sie noch nicht wirklich kannte, spürte man Anni in jedem Raum ihres Hauses. Doch am allermeisten in ihrem Schlafzimmer.

Ich würde jede Wette abschließen, dass das ihr Lieblingsraum war. Ich hätte mich sicherlich noch länger umgesehen, hätte ich sie nicht kurz darauf laut fluchen gehört. Während ich ihren Arm unter das Wasser hielt, fragte ich mich unwillkürlich, ob sie wohl jemanden hatte, der auf sie aufpasste. Denn eines war klar, diese Frau war wirklich tollpatschig. Erst ihre Frage, warum ich auf einmal so nett zu ihr war, ließ mich wieder zu Verstand kommen. Darauf wusste ich zwar keine Antwort, doch ich wollte das auch gar nicht. Ich wollte nicht nett sein. Weder zu ihr noch zu einer anderen Frau. Ich wollte von keiner Frau mehr etwas wissen.

In meinem Haus angekommen legte ich erst einmal die Uniform ab.

Nachdem ich geduscht, gekocht und gegessen hatte, lag ich normalerweise auf der Couch und sah mir den Film an, den es an diesem Abend gerade spielte. Ja, auch wenn er noch so schlecht oder kitschig war, ich sah ihn.

Das konnte vielleicht damit zu tun haben, dass ich so nicht an etwas oder jemand anderes denken musste, sondern mich auf den Film konzentrierte. Besonders, wenn er schlecht war, brauchte ich wirklich meine ganze Willenskraft, um der Handlung folgen zu können. Heute jedoch war ich rastlos. Ständig sah ich auf die Uhr über der Tür, griff mehrere Male zu meinem Handy, um es dann doch nur gleich wieder wegzulegen. Ich konnte mir diese Unruhe selbst nicht erklären. So war ich eigentlich nicht, doch irgendetwas an dem heutigen Tag ließ mich nicht los. Aber ich kam nicht darauf, was es war. Nachdem ich auch kurz vor Schluss des Films noch immer nicht wusste, worum es ging, schaltete ich den Fernseher ab. Ich schnappte mir meinen dicksten Pullover und schnürte mir die Laufschuhe zu. Wenige Minuten später lief ich durch das bereits schlafende Hallstatt.

Keine Ahnung, was mich ritt, doch ich lief immer weiter, immer näher, immer mehr in Richtung der vielen Treppen, die bis zum Friedhof und noch weiter hinauf führten. Ich joggte Stiegen hinauf und Stiegen hinunter, bis ich nicht mehr wusste, zum wievielten Mal ich diese Strecke nun schon gelaufen war. Kurzum änderte ich die Richtung und nahm einen Treppenabschnitt, den ich zuvor nicht gesehen hatte. Gerade als ich über die Stufen direkt auf einen Balkon zu joggte und nach links abbiegen wollte, sah ich sie.

Anni.

Sie lag schlafend in eine Decke eingehüllt auf ihrer gelben Couch, vor ihr der noch flimmernde Fernseher. Sie sah so friedlich aus. Ganz anders. Bei genauerem Hinsehen bemerkte ich, dass sie zitterte. Fror sie etwa? Als ich vor wenigen Stunden bei ihr gewesen war, hätte ich mir am liebsten die Kleider vom Leib gerissen, weil sie so stark eingeheizt hatte. Stirnrunzelnd trat ich noch einen Schritt näher an den Balkon heran. Nachdem ich mich vergewissert hatte, dass die Balkontür nicht geöffnet war, sah ich mich von den Treppen aus im Raum um.

Natürlich. Ein offenes Fenster. Diese Frau hatte schon wieder vergessen, das Fenster zu schließen. Augenrollend machte ich mich auf den Weg zu ihrer Tür und klopfte. Es dauerte einige Zeit, bis sie mir mit verschlafenen Augen und in die Decke gehüllt öffnete.

»Ja bitte …was zur Hölle machst du denn schon wieder hier? Hast du eine Ahnung wie spät es ist?«, fauchte sie sofort los, als sie mich erkannte.

Ich überlegte, warum ich nochmal hergekommen war und sie nicht einfach hatte erfrieren lassen.

»Ich bin zufällig vorbeigejoggt und habe gesehen, dass dein Fenster offensteht.

Bei den nächtlichen Temperaturen solltest du dir vielleicht angewöhnen, es zu schließen«, entgegnete ich kühl. Verdattert sah sie mich an, ehe sie sich ohne ein weiteres Wort umdrehte und in ihr Wohnzimmer ging. Obwohl sie mich nicht hereingebeten hatte, folgte ich ihr trotzdem.

Wer wusste schon, ob sie sich nicht wieder aus Versehen verletzte. Stirnrunzelnd stand sie vor dem Fenster und starrte es einfach nur an.

»Ich glaube nicht, dass es sonderlich hilfreich ist, das Fenster anzustarren, um es zu schließen. Außer du besitzt telekinetische Kräfte, was ich jedoch bezweifle.« Mit diesen Worten trat ich an ihr vorbei und schloss das Fenster.

»Ich habe es doch gar nicht aufgemacht«, sagte sie leise hinter mir. Augenrollend wandte ich mich um.

»Natürlich. Und wer hat es sonst aufgemacht? Die Heinzelmännchen, oder wer?« Blinzelnd fokussierte sie ihren Blick auf mich. Wäre sie eine Comicfigur, würden ihr jetzt vermutlich Rauchschwaden aus den Ohren kommen, so wütend funkelte sie mich an.

»Nochmal zum Mitschreiben, Herr Polizist. Ich. Habe. Das. Fenster. Nicht. Geöffnet! Verstanden?« Forschend sah ich zuerst sie an, dann ließ ich meinen Blick durch den Raum schweifen, bis er an etwas hängen blieb.

Einem halbvollen Weinglas und einer leeren Weinflasche. Genervt stieß ich die Luft aus meinen Lungen.

»Okay, beinahe hätte ich dir geglaubt, Tollpatsch. Aber vielleicht würde es dir beim nächsten Mal helfen, wenn du etwas weniger Wein trinken würdest. Dann erinnerst du dich auch leichter an die Dinge, die du getan hast«, sagte ich spöttisch und machte mich auf den Weg zur Tür. Ungläubig sah sie mir hinterher.

»Ich habe doch nur ein Glas getrunken, verdammt! Was bildest du dir eigentlich ein, über mich zu urteilen, du …!«, rief sie mir hinterher, doch ich ließ sie erst gar nicht ausreden und knallte ohne ein weiteres Wort die Tür hinter mir ins Schloss.

»So, das war's. Keine Freundschaftsdienste mehr für Andreas, und der Kratzbürste hilfst du auch nicht mehr! Verrücktes Weib, echt!«, schimpfte ich, während ich eilig wieder nach Hause lief und dort in einen traumlosen Schlaf verfiel.

KAPITEL 6

Anni

Ich hatte seit Saschas Auftauchen letzte Nacht kein Auge mehr zugetan.

Er war davon ausgegangen, ich hätte zuviel Wein getrunken. Doch das stimmte nicht. Okay, es stimmte schon, dass eine leere Weinflasche und ein noch halb volles Glas auf dem Couchtisch standen. Doch genau hier lag der Grund für meine Schlaflosigkeit.

Es war nur noch genug Wein für ein Glas in der Flasche gewesen. Und dieses Glas hatte ich gerade einmal zur Hälfte getrunken. Wie kam es dann also dazu, dass ich mich nicht mehr daran erinnern konnte, das Fenster geöffnet zu haben? Beziehungsweise hatte ich es ganz sicher nicht aufgemacht! Oder vielleicht doch? Wandelte ich seit Neuestem im Schlaf?

Beunruhigt machte ich mich um kurz vor halbsechs auf, ohne auch nur noch eine Minute geschlafen zu haben, um meinen zweiten Job bei Karl und Margit in der Bäckerei anzutreten. Natürlich verließ ich mein Haus nicht, ehe ich mich nicht hundert Mal davon überzeugt hatte, dass alle Fenster und Türen auch wirklich verschlossen waren.

Im Licht der Straßenlaternen tapste ich die Stufen hinab. Es hatte weit unter null Grad und dementsprechend dick war ich eingepackt. Zum Glück würde es in der Bäckerei wärmer sein als hier draußen. Es war angenehm still, als ich durch die Altstadt huschte. Das plötzliche Klingeln meines Handys ließ mich vor lauter Schreck stolpern und beinahe das Gleichgewicht verlieren. Hastig zog ich es aus meiner Manteltasche, doch es wurde keine Nummer angezeigt.

»Welcher Telefonverkäufer ist denn schon um diese Uhrzeit wach?«, murmelte ich, bevor ich abhob.

»Hallo?« Keine Antwort.

»Hallo?«, versuchte ich es erneut. Wieder nichts. Einen Moment später wurde aufgelegt. »Da hat sich wohl jemand im Halbschlaf verwählt«, sagte ich leise zu mir selbst, steckte das Handy wieder ein und ging die letzten Meter bis zur Bäckerei.

»Guten Morgen!«, rief ich in die Stube, während ich meinen Mantel und den Schal aufhängte.

»Guten Morgen, Anni! Ich habe gerade Tee aufgesetzt. Möchtest du auch einen, bevor der Ansturm losgeht?« Margit, eine gute Freundin meiner Oma, kam lächelnd und bereits mit zwei Häferln an die Verkaufstheke.

»Sehr gerne, Danke. Braucht Karl noch Hilfe beim Verzieren der Muffins oder soll ich dir im Verkauf helfen?« Liebevoll lächelnd sah sie mich an.

»Du weißt doch, dass er die Muffins immer extra für dich aufhebt. Seitdem du ein kleines Mädchen warst, durftest du sie verzieren und ich glaube, das wird sich auch nie ändern.« Wir lachten beide über diese Feststellung, als Karl mit einem Blech frischer Croissants zu uns trat.

»Habe ich doch richtig gehört! Mein zweitliebstes Mensch in Hallstatt ist wieder da. Morgen, Anni«, begrüßte er mich lächelnd.

»Morgen, Karl. Gut, dass du *zweitliebstes* gesagt hast. Ich würde Margit den ersten Platz auch nie streitig machen wollen.« Er lachte nur und ließ mich wissen, dass die Muffins schon sehnsüchtig auf mich warteten.

Nachdem ich einige Schluck von dem heißen Tee getrunken hatte, verschwand ich in den hinteren Teil der Bäckerei und widmete mich in der nächsten Stunde den herbstlichen und teilweise schon gruseligen Halloween-Verzierungen der Muffins.

In der ersten halben Stunde der Öffnungszeit kamen meist nicht viele Leute. Auch heute ertönte die Glocke über der Tür zum ersten Mal, als ich den letzten Muffin verziert hatte. Eilig machte ich mich daran, das Blech hinauszutragen, während Margit den ersten Kunden begrüßte. In der Tür blieb ich jedoch wie angewurzelt stehen.

Sascha stand in seiner Uniform vor der Theke und sah mich mit ebenso zusammengekniffenen Augen an.

»Du schon wieder? Verfolgst du mich etwa?« Diese Worte waren mir entschlüpft, bevor ich sie zurückhalten konnte.

Sein Blick wurde noch stechender.

»Nein, aber woher sollte ich auch wissen, dass du in jedem verdammten Laden in der Stadt arbeitest?«, schoss er zurück. Margit sah neugierig zwischen uns hin und her.

»Ich arbeite nicht in jedem Laden. Nur hier und im Café, und auch das nur an zwei Tagen in der Woche. Keiner zwingt dich, genau an diesen Tagen hierherzukommen!«, zischte ich und stellte das Blech mit den Muffins in die Auslage

»Ich räume hinten noch auf, Margit. Ich bin gleich wieder da, sobald er weg ist«, ließ ich sie wissen und kehrte, ohne einen weiteren Blick in Saschas Richtung, zurück in die Backstube. Dort wartete jedoch schon ein grinsender Karl auf mich.

»Was?« fragte ich ruppig und begann, meinen Arbeitsplatz von den Resten der Verzierungen zu säubern.

»Willst du mir vielleicht verraten, was das gerade eben war? Du verstehst dich doch sonst immer so gut mit allen. Was hat dir der neue Kerl denn getan?« In seiner Stimme schwang kein Funke Sorge mit, nur reine Belustigung. Schnaubend wischte ich weiterhin die Arbeitsplatte.

»Er ist arrogant, selbstverliebt und ein totaler Idiot, das ist los! Solche Typen, die sich für etwas Besseres halten, kann ich einfach nicht ausstehen!« Karl kicherte.

»In Ordnung, wenn du es mir nicht sagen willst, dann verrätst du es ja vielleicht Margit. Ich bin mir sicher sie will auch wissen, was da zwischen dir und dem Polizisten ist.«

»Da ist nichts zwischen mir und …« Weiter kam ich nicht, denn Karl hatte sich bereits dem nächsten Brotteig zugewandt und Margit stand schon in der Tür. »Was war denn das zwischen dir und dem schnuckeligen Polizisten gerade eben?« Augenrollend seufzte ich. Das würde heute noch eine sehr lange Schicht werden!

Pünktlich um drei Uhr nachmittags verließ ich die Bäckerei. Es hatte angefangen zu regnen und ich zog mir die Mütze und den Schal so tief ins Gesicht, wie ich nur konnte. Der Wind war eisig und ich hatte Mühe voranzukommen. So passierte es auch, dass ich den Mann übersah, der mir in einer Seitengasse entgegenkam. Versehentlich rempelte ich ihn an.

Augenblicklich entschuldigte ich mich, doch er, ebenso vermummt wie ich selbst, winkte nur ab und ging weiter. Er musste einer der wenigen Feriengäste sein, die sich auch um diese Jahreszeit noch hierher verirrten.

Oder ein Verwandter, der nach dem Haus eines verstorbenen Angehörigen sah. Mühsam kämpfte ich mich weiter vor zu meiner Tür. Endlich im warmen Inneren angekommen lehnte ich meine Stirn an die geschlossene Haustür und atmete ein paar Mal tief durch.

»Überraschung!«, rief da plötzlich jemand hinter mir. Vor Schreck schrie ich laut auf. Mit weit aufgerissenen Augen wirbelte ich herum und stand einem breit grinsenden Andreas gegenüber. Hinter ihm in meinem Wohnzimmer stand seine Freundin Sandra und hob entschuldigend die Arme.

»Bist du eigentlich total übergeschnappt?«, schrie ich ihn an. Nach den Ereignissen der letzten Tage und dem fehlenden Schlaf waren meine Nerven nicht gerade die stärksten.

»Wie kommst du auf die Idee, dich so an mich anzuschleichen, verdammt? Wenn ich einmal an einem Herzinfarkt sterbe, bist du der erste Verdächtige!« Noch immer tief Luft holend befreite ich mich von meinen schneenassen Sachen und ging an einem ziemlich bedröppelt dreinblickenden Andreas vorbei ins Wohnzimmer.

»Hallo, Sandra! Schön, *dich* hier zu sehen«, begrüßte ich die blonde Frau und warf ihrem Freund dabei einen bedeutenden Seitenblick zu.

»Tut mir leid, Anni. Ich hatte ihm gesagt, dass wir draußen auf dich warten sollten. Aber er meinte, da du ihm ja deinen Zweitschlüssel gegeben hast, wäre es bei der Kälte in Ordnung, drinnen auf dich zu warten«, erklärte sie und warf dann dem Mann hinter uns ebenfalls einen bösen Blick zu.

»Dass er allerdings vorhatte, dich so zu erschrecken, hat er vergessen zu erwähnen …«

»Ja, und es tut mir auch wirklich sehr leid! Ehrlich, Anni, bitte entschuldige.« Zerknirscht schlich er zu uns herüber.

Einige Augenblicke lang ließ ich ihn noch schmoren, ehe ich nickte.

»Also gut, vergeben. Aber der nächste Abend im *Grünen Blatt* geht auf dich!« Freudig grinste er. »Abgemacht!«

Sandra und Andreas blieben bis kurz vor Mitternacht bei mir. Wir kochten gemeinsam, sahen uns einen Film an und unterhielten uns über Gott und die Welt. Natürlich konnte mein Sandkastenfreund es nicht lassen und sprach mich auf Sascha an.

»Und da läuft wirklich gar nichts zwischen euch?«, fragte er, sein bestimmt fünftes Bier in der Hand haltend.

»Nein, da läuft rein gar nichts. Noch weniger als gar nichts!«, wiederholte ich zum bestimmt hundertsten Mal.

»Aber du musst schon zugeben, dass er ganz schnuckelig aussieht«, schaltete sich da Sandra ein und fiel mir damit in den Rücken.

»Woher willst du das denn wissen?«, fragte ich.

»Ganz einfach. Da Andreas heute frei hat, hat er mich kurz aufs Revier mitgenommen und mir seinen neuen Partner vorgestellt. Also, ich muss schon sagen, Anni, den kann man doch unmöglich von der Bettkante stoßen.«

Oh, und wie möglich das war! Besonders, wenn er in seiner Uniform hinter dir stand, deine Hand unter lauwarmes Wasser hielt und dir ins Ohr raunte, dass du vorsichtiger sein musst …

Moment, was?

»Äh, ihr seht aber schon noch, dass ich hier bin, oder?« Andreas gespielt beleidigte Stimme holte mich aus den Erinnerungen der letzten Tage heraus. »Natürlich sehen wir dich, Baby. Du musst allerdings schon zugeben, dass Sascha nicht unattraktiv ist. Aber für mich bleibst du natürlich immer meine Nummer Eins«, gurrte Sandra und ließ sich kurzerhand auf Andreas Schoss fallen. Anderen beim Knutschen zuzusehen, war noch nie mein Ding gewesen, daher machte ich mich auf in die Küche, um mir noch einen Wein zu holen. Plötzlich klingelte mein Handy. Die beiden Turteltauben ließen sich davon jedoch nicht beirren, auch wenn es für einen Anruf schon reichlich spät war.

»Hallo?«, meldete ich mich, noch immer im Flur zwischen Wohnzimmer und Küche stehend. Wieder wurde keine Nummer angezeigt und in der Leitung blieb es still. Genervt verdrehte ich die Augen.

»Hören Sie, wer auch immer Sie sind, ich sage es Ihnen gerne noch einmal. Sie haben die falsche Nummer, also hören Sie bitte endlich auf, hier ständig anzurufen!« Andreas und Sandra wurden hellhörig und beobachteten mich von ihrer Position auf der Couch aus. Normalerweise wurde spätestens jetzt aufgelegt, doch heute war es anders. Der Anrufer oder die Anruferin blieb in der Leitung und man hörte nur ein tiefes, beinahe rasselndes Atmen.

Mir lief es kalt den Rücken hinunter und ich versteifte mich. So begannen Horrorfilme. Andreas musste meine aufrechte Körperhaltung bemerkt haben, denn plötzlich stand er neben mir und nahm mir das Handy aus der Hand.

»Hören Sie auf, hier anzurufen oder ich erstatte Anzeige gegen Sie!«, sagte er nur und legte auf. Besorgt musterte er mich und auch Sandra kam zu mir.

»Passiert so etwas öfter, Anni?«, fragte sie und strich mir beruhigend über den Arm. Ich nickte.

»Ja … Nein … also, ich meine schon, aber nicht so wie jetzt. Normalerweise wird nach ein paar Sekunden wieder aufgelegt«, erklärte ich leise.

»Wie lange geht das schon so?«, wollte Andreas wissen. Ich überlegte kurz. »Seit ungefähr vier Wochen, glaube ich.

Es begann kurz nachdem das Veröffentlichungsdatum für mein neues Buch festgelegt wurde.« Fahrig strich ich mir durch meine offenen Haare.

»Ich … ich dachte immer, es wäre ein schüchterner Fan, der sich einfach nicht traut, mit mir zu reden. Aber heute … dieses rasselnde Atmen … Ich glaube nicht, dass ein Fan so etwas machen würde, oder?« Andreas und Sandra warfen sich vielsagende Blicke zu.

»Nein, das würde ein Fan sicher nicht tun. Und du wirst heute definitiv nicht allein bleiben.«

KAPITEL 7

Sascha

Der Neue zu sein, hatte definitiv Vorteile. Neue Perspektiven, neue Aufgaben. Aber es gab auf jeden Fall auch Nachteile. Für ausgefallene Kollegen Schichten zu übernehmen beispielsweise. Ich war nur froh, dass auch Andreas heute Dienst hatte und ich somit die Station an einem Samstag nicht allein besetzen musste.

Ein Blick auf die Uhr verriet mir jedoch, dass er bereits eine halbe Stunde zu spät dran war. Wir hatten uns diese Woche noch nicht oft gesehen, da er sich ein paar Tage freigenommen hatte, um Zeit mit seiner Freundin zu verbringen. Anfang der Woche hatte ich sie kennengelernt. Ein hübsches Mädel und absolut perfekt für Andreas. Der brauchte unbedingt jemanden, der ihm sagte, wo es langging. Da öffnete sich auch schon die Tür und ein müder Andreas sah mir entgegen.

»Morgen«, murmelte er und nahm an seinem Schreibtisch mir gegenüber Platz.

»Guten Morgen! Du siehst ja aus, als hättest du die letzten Nächte nicht geschlafen. Du und Sandra habt eure gemeinsame Zeit wohl gut genutzt!« Ich lachte, doch er fuhr sich nur mit einer Hand über das Gesicht.

»Wenn es das nur gewesen wäre …« Stirnrunzelnd sah ich ihn an.

»Ihr habt euch doch nicht getrennt, oder?« Das würde mir sehr leid tun für die beiden, doch mein Partner schüttelte bereits den Kopf.

»Nein, nein, nichts in der Richtung. Sandra musste leider schon am Mittwochabend wieder zurück. Eine Kollegin wurde bei einem Einsatz verletzt und sie musste einspringen.« Müde rieb er sich erneut die Augen.

»Und warum hast du dann nicht geschlafen?«, fragte ich, nun ehrlich verwirrt. Andreas ließ sich tiefer in seinen Bürostuhl sinken.

»Ich war die letzten Tage bei Anni.« Die Erwähnung ihres Namens genügte, um gleichzeitig eine heiße Woge in mir aufwallen und es mir eiskalt den Rücken herunterlaufen zu lassen. Er hatte doch Sandra, er würde doch sicher nicht …

»Wir haben sie am Dienstagabend besucht. Gegen Mitternacht erhielt sie dann einen sehr merkwürdigen Anruf«, erklärte er und unwillkürlich schloss sich meine Hand zur Faust.

»Was für einen Anruf?«, grummelte ich und wollte mich im selben Moment für diese Reaktion ohrfeigen. Andreas war jedoch so übermüdet, dass er davon nichts mitbekam.

»Es war ein anonymer Anruf. Niemand hat etwas gesagt, es war nur ein tiefes, rasselndes Atmen zu hören«, erklärte er und schüttelte den Kopf.

»Anni meinte, dass diese Anrufe schon vor über einem Monat angefangen haben. Sie dachte zuerst, es sei ein schüchterner Fan, aber dieses Atemgeräusch hat sie ziemlich in Panik versetzt. Also sind Sandra und ich die letzten Tage bei ihr geblieben und haben im Gästezimmer übernachtet.« Ich musste mir selbst gehörig auf die Zunge beißen, um ihn nicht zu fragen, warum zur Hölle er Anni nicht zu einer Anzeige überredet hatte. Stattdessen bemühte ich mich um einen ruhigen Ton und fragte ihn, ob dann die letzten Tage noch etwas geschehen sei. Unglücklicherweise nickte er.

»In der zweiten Nacht wurde ihr Vorgarten verwüstet. Davon haben wir jedoch nichts mitbekommen. Auch an ihrer Haustür waren Kratzspuren von Einbruchswerkzeug zu sehen. Aber ob das erst kürzlich passiert oder schon länger her ist, kann ich nicht sagen.«

»Was!«, fuhr ich auf. Erschrocken und beinahe wach sah mich mein Kollege an. »Der oder diejenige weiß, wo sie wohnt, und du kommst nicht auf die Idee, sie für eine Anzeige hierher zu bringen?« Frustriert schnaubte er.

»Denkst du denn wirklich, ich hätte es nicht versucht? Natürlich habe ich das, aber sie will nicht!«, verteidigte sich Andreas sogleich. Einen Augenblick sah ich ihn in seinem Bürosessel an, dann streckte ich die Hand aus.

»Gib mir dein Handy«, sagte ich.

»Wofür willst du denn jetzt …«

»Gib mir einfach dein Handy!«, wies ich meinen Kollegen ungeduldig an. Wortlos überließ er mir daraufhin sein bereits entsperrtes Smartphone.

Kurzerhand suchte ich nach der Nummer, wählte und hielt es mir ans Ohr.

»Andreas? Was ist los? Ist alles in Ordnung?«, drang die müde Stimme aus dem Lautsprecher.

»Das sollte ich wohl eher dich fragen, Tollpatsch.«

»Sascha?« Bei dem Unglauben in ihrer Stimme musste ich ein Lächeln unterdrücken.

»Ganz genau! Und jetzt erklärst du mir bitte, warum du dich weigerst, eine Anzeige aufzugeben und stattdessen Andreas so fertig machst, dass er hier fast mit offenen Augen einschläft!«

»Tu ich gar nicht, ich …«, setzte Andreas an, unterbrach sich jedoch selbst mit einem herzhaften Gähnen.

Anni schien sich unterdessen gefangen zu haben.

»Also erstens, habe ich ihn nie gebeten bei mir, geschweige denn die ganze Nacht, wach zu bleiben, und zweitens, was würde eine Anzeige denn schon nützen? Ich weiß doch nicht, wer mich da anruft!« Genervt verdrehte ich die Augen.

»Und was ist mit dem verwüsteten Vorgarten und den Einbruchsspuren an der Tür?«

»Verwüstet? Also da hat Andreas aber übertrieben. Zwei Blumentöpfe waren umgestürzt. Das war sicher wieder der Kater von Frau Fünder, der treibt sich öfter bei mir herum. Und die Spuren könnten schon länger an der Tür sein, das hat Andreas selbst gesagt!« Mit einer hochgezogenen Augenbraue sah ich meinen Partner an. Der hatte jedoch nicht zugehört, sondern sich in seinem Sessel zurückgelehnt und die Augen geschlossen. Seufzend wandte ich mich wieder an Anni.

»Wenn dir das nächste Mal auch nur die kleinste Kleinigkeit seltsam vorkommt, dann rufst du nicht Andreas an, sondern mich. Er braucht jetzt erst einmal eine Pause von dir.«

»Eine Pause von mir? Hat er das etwa gesagt?

Was glaubt ihr beiden eigentlich …«

»Keine Widerworte, ich schicke dir gleich meine Nummer.

Bis später, Tollpatsch«, unterbrach ich sie und legte auf. Schnell notierte ich mir ihre Nummer, bevor ich Andreas das Handy zurückgab.

»Hier, ich kümmere mich um die Sache und du gehst jetzt erst einmal in den Bereitschaftsraum und schläfst ein wenig. Ich wecke dich, wenn wir einen Einsatz haben.« Dankbar lächelte mich mein Kollege an und verzog sich, so schnell er konnte.

Nachdenklich kehrte ich an meinen Schreibtisch zurück und überlegte. Kratzspuren an der Tür, umgefallene Blumentöpfe, anonyme Anrufe und … die offenen Fenster und Balkontür, von denen sie geschworen hatte, sie geschlossen zu haben! Fuck! An die hatte ich gar nicht mehr gedacht! Eilig zückte ich mein Handy.

Egal, was du heute vorhast, bleib zuhause und mach niemandem die Tür auf. Kontrolliere, ob alle Fenster und Türen verschlossen sind.

Sascha

Prompt kam auch schon ihre Antwort:

Als würde ich mir von dir sagen lassen, was ich zu tun und zu lassen habe, Schnösel. Außerdem bin ich gar nicht zuhause, sondern in meiner Hütte. Und hier kann sich wirklich niemand verstecken!

Geh an deine Arbeit und ich widme mich meiner.

Anni

Leise fluchte ich, konnte momentan jedoch nichts tun. Diese Frau raubte mir noch den letzten Nerv!

Fast auf die Minute genau neun Stunden später klopfte ich an die schwere, alte Holztür von Annis Hütte und wartete. Im Inneren waren leise Schritte zu hören, die kurz hinter der Tür verstummten. »Wer ist da?«, drang ihre Stimme dumpf zu mir. Gut. Sie fragte immerhin nach, bevor sie einfach so öffnete.

»Ich bin's, Sascha. Ich habe Essen mitgebracht«, erwiderte ich und erwartete, dass sie die Tür öffnen würde.

»Ja, klar, als ob ich darauf reinfalle!«, schnaubte sie und ihre Schritte entfernten sich.

»Als würde Sascha freiwillig hierherkommen und noch dazu Essen mitbringen«, rief sie laut.

Ihr spöttisches Lachen, welches folgte, ließ nun wiederum mich schnauben. Erneut, mit mehr Kraft, hämmerte ich an die Tür.

»Tollpatsch, du lässt mich jetzt besser herein, bevor ich es mir anders überlege und die Pizzen wieder mitnehme!« Einen Augenblick herrschte noch Stille, gefolgt von eiligen Schritten und einer sich langsam öffnenden Tür. Argwöhnisch lugte Anni zu mir heraus.

»Hast du gerade Pizza gesagt?« Ich nickte und verkniff mir ein Grinsen. Zähneknirschend öffnete sie die Tür ihres Schuppens ganz.

»Na gut, komm rein. Aber nur, weil ich bei Pizza einfach nicht nein sagen kann«, erklärte sie, doch das wusste ich schon. Diese Information hatte ich Andreas entlocken können, kurz bevor er im Bereitschaftsraum ins Reich der Träume gesegelt war. Der arme Kerl hatte das gar nicht mehr richtig mitbekommen, doch das sollte mich nicht stören. Ich trug die Wärmetasche, die mir Marco von der Pizzeria geliehen hatte, zur Küchenzeile und begann, mich in ihren Schränken nach Tellern umzusehen. Im Augenwinkel bemerkte ich, dass Anni noch immer neben der geöffneten Tür stand. Stirnrunzelnd sah ich sie an.

»Willst du nicht zumachen und mir lieber verraten, wo du Teller und Gläser versteckst, bevor du für ganz Hallstatt mitheizt?« Sie blinzelte ein paar Mal schnell hintereinander, schloss dann aber endlich die Tür und kam zu mir.

Zwei Handgriffe später hatte sie zwei Teller, zwei Weingläser und eine Weinflasche auf den kleinen Esstisch gestellt. Ich machte mich daran, die Pizzen auszupacken. Beim Anblick der drei Schachteln wurden ihre Augen groß.

»Hast du noch jemanden eingeladen, von dem ich nichts weiß?«, fragte sie und lugte in den ersten Pizzakarton.

»Nein, ich wusste nur nicht, welche du gerne isst, daher habe ich eine kleine Auswahl mitgenommen«, erklärte ich und öffnete die übrigen zwei Schachteln.

»Diese Hälfte ist eine Margarita, die daneben eine Veggie. Hier ist eine Hälfte mit Thunfisch, die andere ist eine Diavolo, falls du es gerne ein bisschen schärfer magst. Und in der Schachtel«, fuhr ich fort und deutete auf die Pizza vor ihr. »ist einmal Salami und einmal Schinken drauf.«

Schweigend sah sie von einer Pizza zur anderen.

»Wow«, murmelte sie und schien etwas überfordert zu sein. Daraufhin drückte ich ihr einen der Teller in die Hand und dirigierte sie an ihren Schultern zur äußersten, linken Schachtel.

»Am besten links anfangen und rechts aufhören. Oder dann nochmal von vorne beginnen, ganz wie du willst«, riet ich ihr. Dabei beugte ich mich zu ihrem Ohr hinab. Das schien sie aus ihrer Starre zu reißen und ihr Kopf schoss in meine Richtung. Nur wenige Zentimeter trennten unsere Gesichter.

»Ähm … okay. Danke«, stammelte sie und eine leichte Röte legte sich auf ihre Wangen.

Ich zwinkerte ihr zu und schnappte mir den zweiten Teller.

»Gerne. Lass es dir schmecken.«

Wir hatten uns bereits jeder durch drei Sorten gekostet, doch wir hatten seither kein Wort mehr miteinander gewechselt. Ich genoss die Stille ehrlich gesagt sehr. Still war es öfter um mich herum, aber dieses Mal war ich nicht allein. Ich verputzte gerade den letzten Bissen der Diavolo, bei der es Marco mit der Schärfe wieder einmal sehr gut gemeint hatte, als mir auffiel, dass sie von ihrem Stück Veggiepizza die Paprikastückchen pflückte und sie daneben auf dem Teller sammelte.

»Magst du keine Paprika?«, fragte ich, ehrlich neugierig, noch etwas über die Frau zu erfahren, die mich mit ihrer Art bestimmt noch ins Grab bringen würde. Sie schüttelte den Kopf, blickte jedoch weiter hochkonzentriert auf ihr Pizzastück.

»Nein, mochte ich noch nie. Ich glaube, es gibt nur ein einziges Foto, auf dem man mich mit einer Paprika in der Hand sieht. Damals war ich vielleicht zwei oder drei Jahre alt und saß in einem Strampler vor dem Osterbaum meiner Großeltern.« Sie lachte kurz bei dieser Erinnerung und ihre Augen blitzten fröhlich auf. »Ob ich die Paprika wirklich gegessen habe oder nicht, haben sie mir nie verraten, aber dieser Strampler war Omas Liebling, auch wenn er absolut scheußlich war. Daher hing das Foto lange Zeit in unserem Wohnzimmer und jeder Besuch glaubte dann, dass ich der totale Paprika-Freak sei.«

Fasziniert beobachtete ich jede Regung in ihrem Gesicht. Ich wusste ja bereits, dass von ihrer Familie nur noch sie übrig war, und dass sie kein leichtes Leben gehabt hatte. Und dennoch saß sie hier, vor einem Pizzastück und einem fast fremden Mann und erzählte eine ihrer Kindheitserinnerungen.

Wie konnte ein Mensch nur so stark sein?

In diesem Moment hob sie ihr Pizzastück an, beäugte es nochmals eindringlich und biss nach einem zufriedenen Nicken ab. Ihr Verhalten brachte mich zum Schmunzeln und ich wandte den Blick ab. Dabei fiel mir auf, dass auf ihrem Teller nun auch sämtliche Champignons lagen, jedoch am anderen Ende des Tellers.

»Haben die Paprika und die Champignons etwa Streit und du musstest sie trennen?«, fragte ich grinsend und deutete auf die beiden Gemüsehäufchen. »Ich kann dich gerne von ihnen befreien, wenn du … Autsch!«, rief ich aus und zog meine Hand so schnell ich konnte zurück.

»Die Paprika kannst du gerne haben, aber Finger weg von meinen Champignons!«, erklärte sie und drehte die Champignon-Seite außerhalb meiner Reichweite.

»Aber, wenn sie dir doch schmecken, warum lässt du sie dann nicht auf der Pizza?« »Weil ich mir das Beste immer bis zum Schluss aufhebe, und Champignons sind mein Lieblingsgemüse. Also esse ich sie, wenn ich mit dem Stück hier fertig bin«, erklärte sie mir, als wäre das doch vollkommen logisch.

»Natürlich, wie konnte ich nur«, entgegnete ich daher und stand kopfschüttelnd auf, um mir nun ein Stück der Thunfischpizza zu genehmigen. Als ich mich wieder zu ihr umdrehte, blieb mein Blick kurz an meiner Spiegelung im Fenster hängen. Erstaunt sah ich noch einmal hin.

Ich lächelte. Seit bestimmt einem Jahr hatte ich nicht mehr so lange und so viel an einem Stück gelächelt, wie jetzt hier mit Anni. Es fühlte sich gut an, das konnte ich nicht bestreiten, aber es machte mir auch eine Heidenangst.

»Alles in Ordnung mit dir?«, riss mich Annis Stimme aus meinen Gedanken. Schnell nahm ich wieder Platz und widmete mich meinem Pizzastück.

»Klar, alles in Ordnung.«

KAPITEL 8

Anni

»Nein, das hast du nicht wirklich getan!«, rief Sascha lachend aus.

»Doch, genau das habe ich ihm gesagt und dann bin ich einfach gegangen!«, erwiderte ich, ebenfalls lachend. Wir saßen schon eine ganze Weile auf der Couch mit Blick auf den dunklen See und die umliegenden Berge.

Beide hatten wir ein Glas Wein in der Hand und nach der bereits zweiten Flasche Wein wunderte es mich noch nicht einmal, dass wir miteinander lachten. Oder warum Sascha überhaupt um kurz vor Mitternacht noch hier in meinem Schreibparadies saß. Wenn man ihn einmal etwas besser kannte, war er gar nicht so ein eingebildeter Schnösel, wie ich es zuerst vermutet hatte.

Er war mit seiner jüngeren Schwester in einer christlichen Familie in der Steiermark aufgewachsen. Schon als kleiner Junge wollte er Polizist werden, hatte er mir verraten. Diesen Traum hatte er auch in die Tat umgesetzt.

Sehr erfolgreich, wenn ich das einmal behaupten durfte. Wir unterhielten uns über Gott und die Welt. Doch warum er sich ausgerechnet in einen kleinen Ort wie Hallstatt hatte versetzen lassen, wollte er mir nicht erzählen. Wann immer ich versucht hatte, diese Information aus ihm heraus zu kitzeln, wechselte er das Thema.

Ein herzhaftes Gähnen entglitt mir und Sascha sah mich entschuldigend an. »Jetzt habe ich dich viel zu lang wachgehalten. Du wolltest sicher morgen zeitig zu schreiben beginnen, oder?«
Ich winkte ab und wollte ihn gerade beruhigen, als mir das nächste Gähnen entfuhr.

»Tut mir leid. Normalerweise schreibe ich bis tief in die Nacht, das lange Aufbleiben macht mir also nichts aus. Aber nach den letzten Nächten fehlt mir einfach etwas Schlaf. Keine Ahnung, wie ich je wieder ruhig in meinem Haus schlafen soll. Ich hoffe einfach, dass es mir hier leichter fallen wird«, gab ich kleinlaut zu. Der Gedanke, dass ich mich in dem Haus, das immer mein Zuhause gewesen war, nicht mehr sicher fühlen konnte, lastete schwer auf mir. Doch hier, trotz Saschas Anwesenheit, fühlte ich mich
geborgen. Das hätte ich vor einem Tag vermutlich noch nicht behauptet. Naja, vermutlich sprach da einfach nur der Alkohol aus mir.

»Also…«, meinte Sascha leise und sah mich vorsichtig an. Beinahe so wie eine Maus eine Schlange, von der sie befürchtete, jeden Moment gefressen zu werden.

»Wenn du dich wohler fühlen würdest, könnte ich heute auch hierbleiben.«
Mit weit aufgerissenen Augen sah ich ihn an. Beinahe sofort fiel mein Blick auf das Bett an der hinteren Wand des Raums. Ja, es war ein Doppelbett und sicher groß genug für uns beide, aber wollte ich ihn wirklich so nah bei mir haben?

»Ähm, also, ich meinte natürlich hier auf der Couch … aber wie gesagt, nur, wenn dir damit wohler wäre!«, schob er schnell hinterher, da er wohl meinen panischen Blick in Richtung des Schlafbereichs bemerkt hatte. Würde ich mich wohler fühlen, wenn ich heute Nacht nicht allein wäre?

Ganz sicher.

Würde ich mich wohl damit fühlen, dass Sascha derjenige wäre, der mir Gesellschaft leisten würde?

Keine Ahnung.

Meine Gedanken und Gefühle schienen sich einfach nicht einig werden zu können. Doch noch ehe sie eine Entscheidung treffen konnten, stand Sascha bereits auf und trug unsere leeren Weingläser zur Küchenzeile.

»Tut mir wirklich leid, ich wollte dich nicht in Verlegenheit bringen oder dich zu etwas drängen. Du hast ja meine Nummer. Ruf mich einfach an, wenn du etwas brauchst. Ich bin mir sicher, du wirst gut schlafen können«, meinte er, während er nach seiner Jacke griff, die noch über der Stuhllehne hing, und dann hineinschlüpfte.

»Nein, nein, du hast mich nicht gedrängt, keine Sorge. Es ist nur so, dass … also, außer mir war noch nie jemand in dieser Hütte. Zumindest seit den Umbauten nicht mehr. Früher hat mein Opa hier fast jede freie Minute verbracht und ich auch, aber eben seit dem Umbau war immer nur ich hier drinnen und wenn du jetzt …«

»Sch … ist schon gut, Anni. Ich verstehe es«, unterbrach er mich und legte mir einen Finger auf die Lippen. Wann war er mir nur so nahe gekommen? Verwirrt sah ich zu ihm auf. Er erschien mir nun noch größer als sonst.

Aber das lag vermutlich daran, dass ich noch immer auf dem Sofa saß und er stand. Langsam zog er seine Hand von meinen Lippen zurück und fast augenblicklich vermisste ich das Gefühl seiner warmen Haut auf meiner.

»Du … du verstehst das?«, hakte ich mit großen Augen nach. Er nickte und schenkte mir ein kleines Lächeln.

»Tue ich. Und jetzt ab mit dir ins Bett und versuch, etwas zu schlafen. Ich melde mich morgen bei dir, in Ordnung?« Stumm nickte ich. Sascha grinste mich ein weiteres Mal an und ging dann zur Tür.

»Danke!«, rief ich ihm noch hinterher. In der bereits geöffneten Tür drehte er sich nochmals zu mir um.

»Danke für die Pizzen und dafür, dass du hier warst.« Lächelnd bejahte er.

»Gute Nacht, Tollpatsch.«

»Gute Nacht, Schnösel«, erwiderte ich grinsend, während er die Tür hinter sich schloss und mich mit einem freudig leichten Gefühl zurückließ.

Am nächsten Morgen wurde ich nicht wie üblich von den ersten Sonnenstrahlen geweckt, sondern von einem lauten Krachen, gefolgt von dem Geräusch von starken Windböen, die durch die umliegenden Hütten pfiffen. Eilig sprang ich aus dem Bett, zog mich an und hastete in meinem Wintermantel und mit einer Pudelmütze hinaus. Diese musste ich auch gleich festhalten, da der Sturm sie mir beinahe vom Kopf gerissen hätte.

Kaum hatte ich um die Ecke meiner Hütte gelinst, entdeckte ich auch schon den Grund für den lauten Krach. Die alte Eiche, die zwischen meiner Hütte und der nächsten stand, war in der Mitte abgeknickt. Nur ein halber Meter weiter links und sie hätte mein Schreibparadies getroffen und mich vermutlich unter sich begraben. Ich hatte momentan wohl wirklich mehr Glück als Verstand!

Eilig zog ich mein Handy heraus und wählte die Nummer der Feuerwehr. Nachdem ich geschildert hatte, was passiert war, versprachen sie mir, sich sofort auf den Weg zu machen.

Ich sollte mich von dem Baum und meiner Hütte entfernen, da weiterhin die Möglichkeit bestand, dass der Baum vollends abbrechen und auf mein Haus oder, im schlimmsten Fall, auf mich stürzen könnte. Ich tat wie mir gesagt wurde und brachte genügend Abstand zwischen mich und den Ort des Geschehens. Jedoch nicht, ohne ihn auch nur eine Sekunde aus den Augen zu lassen. Keine Minute später ertönte schon die Sirene der Feuerwehr. Auf ihre Ankunft wartend stemmte ich mich weiterhin tapfer gegen den Wind. Plötzlich legte sich eine schwere Hand auf meine Schulter.

Zu Tode erschrocken machte ich einen Schritt zur Seite, übersah dabei ein Erdloch und saß einen Augenblick später auf meinem Hintern. Blinzelnd versuchte ich meine Umgebung einzuordnen, bis mein Blick an einem Paar besorgt aussehender grüner Augen hängenblieb.

»Alles in Ordnung, Anni? Ich wollte dich nicht so erschrecken. Tut mir

wirklich leid!« Sascha begutachtete mich einmal von oben bis unten. Doch bis auf die heiße Welle, die sein Blick in mir auslöste, fühlte ich mich zum Glück ganz normal. Keine Schmerzen, also auch keine Verletzungen. Das hätte mir gerade noch gefehlt.

»Ja, ja, alles gut. Ich habe dich gar nicht kommen gehört, sonst wäre ich wahrscheinlich nicht so erschrocken«, erklärte ich, während ich seine Hand ergriff, die er mir hinhielt, und mich dann aufrichtete. Schade, dass er Handschuhe trug. Sonst hätte ich wieder dieses kribbelnde Gefühl genießen können, das seine Haut auf meiner auslöste. Kopfschüttelnd verwarf ich diesen Gedanken wieder. Es hatte vielleicht gestern gekribbelt, als er mir den Finger auf die Lippen gelegt hatte, aber daran war definitiv der Alkohol schuld gewesen. Na klar. Der Alkohol …

Ich konnte mich gerade noch davon abhalten über mich selbst die Augen zu verdrehen, als Saschas Stimme erneut erklang.

»Was machst du eigentlich hier draußen? Es ist doch noch stockdunkel und der Sturm wird von Stunde zu Stunde stärker.«

Ich deutete hinter mich auf den Baum.

»Mich hat ein lautes Krachen geweckt. Als ich rausgegangen bin, habe ich gesehen, dass der Baum neben meiner Hütte durch den Sturm abgeknickt ist. Viel hätte nicht gefehlt und er wäre auf meine Hütte gestürzt.«

Sein Blick folgte meiner Geste. Während er meiner Erklärung lauschte, begann ein Muskel an seinem Kinn unruhig zu zucken.

Fasziniert betrachtete ich sein kantiges Profil und wie er mit nur wenigen Blicken die Lage einschätzte.

»Du hast wirklich Glück gehabt. Wir sollten die Feuerwehr rufen«, teilte er mir mit. Die Nüchternheit, mit der er mir das sagte, passte absolut nicht zu seinem Gesichtsausdruck. Ich hatte eher den Eindruck, dass er sich mühevoll unter Kontrolle halten musste.

»Das habe ich schon getan, sie müssten eigentlich …« Ich wurde von dem ersten Feuerwehrauto unterbrochen, welches, gefolgt von einem zweiten und einem dritten, auf den Rasen neben uns rollte und dort anhielt

»Gleich da sein, wollte ich sagen«, beendete ich schließlich meinen Satz. Sascha und ich blieben abseits stehen, während sich die ersten Feuerwehrmänner die Lage genauer ansahen und einschätzten.

Der Kommandant der Feuerwehr, Martin, kam auf uns zu.

»Guten Morgen, Anni. Gut, dass du uns gleich angerufen hast. Wir kümmern uns darum, dass deine Hütte nicht beschädigt wird. In ungefähr zwei Stunden solltest du wieder hineinkönnen.«

»Danke Martin. Das ist übrigens Sascha, er hat vor kurzem bei der Polizei in Hallstatt angefangen.«

»Martin Hauer, freut mich sehr. Wir werden uns dann wohl öfter sehen.«

»Sascha Richter, ich freue mich auf die Zusammenarbeit«, erwiderte dieser und schüttelte die dargebotene Hand des Feuerwehrkommandanten.

»Martin, kommst du mal bitte?«, rief einer der Feuerwehrmänner.

»Bitte entschuldigt mich, die Pflicht ruft«, wandte sich Martin an uns, ehe er sich zu seinem Team begab. Der Wind ließ keine Sekunde nach und langsam wurde mir kalt. Ich begann zu zittern.

»Hey, wenn dir zu kalt ist, kannst du gerne zu mir mitkommen und dich aufwärmen, bis die Feuerwehr hier fertig ist«, bot Sascha so leise an, sodass nur ich es hören konnte. Dafür hatte er sich zu mir hinuntergebeugt und sein warmer Atem kitzelte mich an meinem Hals. Als ich meinen Kopf in seine Richtung drehte, waren wir wieder nur wenige Zentimeter voneinander entfernt. So wie bereits am vergangenen Abend.

»Ähm … ja, sehr gerne. Danke.« Seine Augen hielten meine praktisch gefangen. Ich konnte genau den Moment sehen, in dem er sich unserer Nähe bewusst zu werden schien. Blitzschnell richtete er sich wieder auf.

»Okay, dann komm«, sagte er und eilte so schnell voraus, dass ich Mühe hatte, ihm zu folgen.

»Was zum Teufel war das denn gerade?«, murmelte ich leise, doch der peitschende Wind trug meine Worte schneller von mir fort, als ich sie selbst hören konnte.

KAPITEL 9

Sascha

Es waren bereits einige Tage seit dem heftigen Sturm vergangen.

Anni hatte die zwei Stunden, die die Feuerwehr gebraucht hatte, um alle Sturmschäden bei ihrer Hütte zu beseitigen, mit einem Tee auf meiner Couch verbracht. Wir hatten nicht viel geredet. Sie hatte, in Gedanken versunken, aus dem Fenster auf den unruhigen Hallstattsee geblickt und ich war nach meiner morgendlichen Laufrunde erst einmal duschen gegangen. Danach hatte ich mich mit einem Kaffee zu ihr gesetzt und die Morgennachrichten geschaut.

Ich wollte mir gar nicht vorstellen, was hätte passieren können, wäre der Baum nicht daneben, sondern direkt auf Annis Hütte gefallen. Wenn ihr etwas passiert wäre, dann …

Das laute Zufallen einer Tür holte mich schlagartig wieder in die Realität und an meinen Schreibtisch in der Polizeidienststelle zurück.

»Guten Morgen, Kollege!«, begrüßte mich Andreas, seine Freundin Sandra im Schlepptau.

»Guten Morgen, ihr beiden«, erwiderte ich und fuhr mir durch die Haare. Ich musste endlich aufhören an Anni zu denken! Noch letzte Woche war sie mir ein Dorn im Auge gewesen und nun wollte ich sie am liebsten jeden Tag sehen. Was auch genau der Grund war, warum ich mich seit dem vergangenen

Wochenende von ihr fernhielt. Ich wusste ja, dass sie dienstags in der Bäckerei arbeitete, also holte ich mein Gebäck am Montag und Freitag. Am Donnerstag arbeitete sie in dem kleinen Café, also musste ich heute wohl mit dem Kaffee aus dem Automaten, der den Flur hinunter stand, vorliebnehmen.

So ein Leben in einem kleinen Ort wie Hallstatt war schon wirklich mächtig kompliziert, wenn man jemandem aus dem Weg gehen wollte.

»Sandra überlegt, sich zu uns versetzen zu lassen. Daher wird sie uns heute begleiten. Der Dienst hier ist doch etwas anders, als sie ihn gewöhnt ist.«

Ich nickte und lächelte Andreas' Freundin an.

»Aus einer größeren Stadt hierherzukommen, kann schon eine ziemliche Umstellung sein. Aber wenn sogar ich als großes Gewohnheitstier das geschafft habe, dann mache ich mir bei dir überhaupt keine Sorgen.«

»Danke, Sascha. Ich glaube auch nicht, dass es sonderlich schwer wird, mich anzupassen. Aber die Versetzung wird ja auch notwendig sein, wenn Andreas und ich demnächst zusammenziehen wollen«, erklärte sie und die beiden lächelten sich verliebt an. Sie so zusammen zu sehen, wie sie begannen, sich ein gemeinsames Leben aufzubauen, war wirklich schön. Und doch fühlte es sich gleichzeitig an wie ein Messer, das mir scharf in die Brust schnitt. Umso dankbarer war ich, als wir einen Einsatz bekamen. Eilig machten wir uns auf zur angegebenen Adresse.

Seufzend ließ ich die Tür der Polizeistation Samstagmittag nach einer langen Schicht hinter mir ins Schloss fallen. Die Woche war so anstrengend gewesen, wie schon lange nicht mehr. Mehrere Einsätze pro Tag, und doch meistens nur Fehlalarme.

Eine alte Dame hatte uns gerufen, weil sie in ihrem Keller seltsame Geräusche gehört hatte und glaubte, ein Einbrecher würde sich dort verstecken. Wie sich herausstellte, war es nur eine Katze, die sich durch das geöffnete Fenster geschlichen und in dem Keller einen Unterschlupf gesucht hatte.

Das andere Mal wurden wir als Verstärkung in das nächste Dorf gerufen. Dort hatten Nachbarn einen Fall von schwerer häuslicher Gewalt gemeldet, und die Station vor Ort war aufgrund von Krankheitsfällen unterbesetzt.

Zum Glück gab es keine häusliche Gewalt, sondern nur ein glückliches Pärchen, das es wohl etwas zu bunt und laut getrieben hatte. Ich hatte wirklich die Befürchtung, dieses Bild nie wieder aus meinem Kopf zu bekommen!

Aber bevor ich auch nur daran denken durfte, es mir auf meiner Couch gemütlich zu machen, hatte ich noch eine wichtige Aufgabe vor mir.
Ich musste in Lindas Café die Glitzer-Einhorn-Geburtstagstorte für die Tochter meines Kollegen Stefan abholen. Dieser hatte mich soeben angerufen. Er und seine Partnerin Jenny hingen noch bei ihrem letzten Einsatz fest.

Er würde also so oder so bereits zu spät zur Geburtstagsfeier seiner Tochter kommen. Da konnte ich ihm zumindest helfen, den Kuchen rechtzeitig zu besorgen. Bei der Gelegenheit wollte ich auch gleich meinen To-Go-Becher von vorgestern, natürlich gewaschen, zurückgeben und mir vielleicht für den Heimweg noch einen Kaffee sichern. Andreas hatte an meinem ersten Tag hier vollkommen recht gehabt. Lindas Kaffee war wirklich außergewöhnlich und beinahe schon süchtig machend.

Als ich ankam, verließ gerade ein junges Pärchen das Café und ich schlüpfte hinein. Hinter dem Tresen stand Sunny, Lindas Tochter, und bereitete Kaffee zu. Kurz sah ich mich nach Linda um und entdeckte sie recht schnell. Sie saß mit Anni in der kleinen Nische neben dem Tresen und unterhielt sich angeregt.

Es musste wohl etwas sehr Interessantes sein, das die beiden zu besprechen hatten. Darum wollte ich sie auf keinen Fall stören und legte Sunny den Zettel mit den Bestellinformationen hin, die mir Stefan durchgegeben hatte. Während sie in den hinteren Küchenbereich verschwand, um die Bestellung zusammenzupacken, fing ich unwillkürlich einige Sätze von Annis und Lindas Unterhaltung auf.

»Und hast du mit Andreas schon einmal darüber gesprochen? Oder mit seinem neuen Partner, wie heißt er gleich noch, Sascha?«, fragte Linda und ich fand, ihre Stimme klang sehr beunruhigt.

»Nein, natürlich nicht. Was sollte ich den beiden denn auch sagen? Ach, übrigens, ich höre seit Tagen seltsame Geräusche in der Nacht und bekomme deswegen kein Auge mehr zu? Die werden mich doch für komplett verrückt erklären!« Ich runzelte die Stirn. Dachte Anni wirklich, Andreas und ich würden so über sie sprechen? Und was noch viel wichtiger war, sie hörte Geräusche in der Nacht? Das gefiel mir ganz und gar nicht.

»Bitteschön, hier die bestellte Torte, die Muffins und das Gebäck. Viel Spaß bei der Feier!« Lächelnd überreichte mir Sunny die drei Kartons. Ich bedankte mich und verließ, noch immer tief in Gedanken, das Geschäft. Offenbar steckte hinter den seltsamen Vorfällen bei Anni doch mehr, als ich anfangs gedacht hatte.

Nachdem ich die Kartons bei Stefans Familie abgeliefert hatte, von seiner Frau zu einem Kaffee eingeladen worden war, seine Tochter Julie kennengelernt und einen Muffin für den Heimweg bekommen hatte, saß ich nun endlich zuhause auf meiner Couch.

Doch von Ruhe war noch lange keine Rede, denn ich zückte bereits mein Handy und wählte die Nummer meines Partners.

»Hey, Kollege! Schon Sehnsucht nach mir?«, meldete sich dieser fröhlich nach dem zweiten Freizeichen.

»Nachdem ich erst über zwölf Stunden mit dir verbracht habe? Nicht wirklich! Sandra muss eine Heilige sein, da sie es zeitweise noch länger mit dir aushält!«, gab ich scherzhaft zurück.

»Da hast du allerdings recht, das ist sie wirklich!« Andreas' Lächeln, wenn er über seine Freundin sprach, konnte ich sogar durchs Telefon hören

»Aber du hast mich sicher nicht angerufen, um über meine engelsgleiche Freundin zu plaudern. Also, wie kann ich dir helfen, mein Freund?«

»Stimmt, deshalb habe ich dich nicht angerufen. Sondern wegen Anni«, erklärte ich.

»Ist alles in Ordnung mit ihr?«

»Ja, alles gut. Ich habe heute nur zufällig ein Gespräch zwischen ihr und Linda mitbekommen und möchte wissen, was du davon hältst.«

»Ich bin ganz Ohr«, erklärte Andreas ernst. Kurz erzählte ich ihm von dem Gespräch der beiden und Andreas hörte aufmerksam zu, ohne mich zu unterbrechen. Das kam nicht oft vor, aber wenn es um Anni oder Sandra ging, wurde mein Kollege höllisch ernst.

»Und du konntest nicht heraushören, welche seltsamen Geräusche sie meint?«

»Nein, leider nicht. Ich habe überlegt, wer für diese ganzen komischen Dinge in der letzten Zeit verantwortlich sein könnte, aber dafür kenne ich sie zu wenig. Darum brauche ich deine Hilfe.«

»Und warum fragst du sie nicht selbst?« Mit dieser Frage hatte Andreas nicht ganz unrecht, doch ich hatte meine Gründe, zuerst zu ihm zu gehen und nicht direkt zu Anni. Gründe, die ich ihm jedoch nicht unbedingt auf die Nase binden wollte.

»Weil ich sie nicht verärgern will. Wie würdest du dich denn fühlen, wenn ein fast Fremder plötzlich in deinem Leben herumschnüffelt?« Andreas lachte.

»Naja, also als fast Fremde würde ich euch beide wohl eher nicht mehr bezeichnen.«

»Wie meinst du das?«, fragte ich verwirrt.

»Ach, mir haben nur so ungefähr zehn Feuerwehrvögelchen gezwitschert, dass ihr beiden vor ein paar Tagen ziemlich vertraut miteinander gewirkt habt und dann plötzlich zusammen verschwunden seid. Willst du mir vielleicht etwas sagen?« Ich sah meinen Kollegen regelrecht vor mir, wie er grinsend auf seinem Sofa lag und sich wie der Größte fühlte, nachdem er mir diese Infos um die Ohren gehauen hatte.

»Nein, will ich nicht. Warum sollte ich auch? Anni und ich können nicht einmal länger als ein paar Minuten im selben Raum sein, ohne uns zu zerfleischen«, schwindelte ich so überzeugend, wie ich nur konnte. Dass wir uns fast eine ganze Nacht lang unterhalten hatten, musste er nun wirklich nicht wissen.

»Rede dir das nur selber ein! Also, Casanova, was willst du wissen?« Erleichtert, dass er nicht weiter nachhakte, fuhr ich fort.

»Was weißt du über ihre Ex-Freunde?«

»Ha! Also bist du doch an ihr interessiert!«

»Nein, du Depp! Ich frage das, weil mir, außer einem verschmähten Liebhaber, niemand einfällt, dem solche Aktionen wie der verwüstete Vorgarten und die Anrufe etwas bringen könnten.«

»Da könntest du recht haben …«, überlegte Andreas und schwieg einige Sekunden lang.

»Also, so viele gab es da eigentlich nicht. Zum einen war da Matthias. Mit dem war sie in der Hauptschule ein Jahr zusammen. Der ist aber schon kurz nach der Trennung mit seinen Eltern weggezogen, weil sein Vater eine neue Stelle in Wien bekommen hatte. Sie hatten danach auch nie wieder Kontakt miteinander.«

»Okay, er war es vermutlich nicht«, murmelte ich und schrieb eilig alles mit, was Andreas mir erzählte.

»Den nächsten Freund hatte sie erst Jahre später, kurz bevor ihre Oma starb. Niklas, soweit ich mich erinnere. Er war nur für einen Sommer hier, und nachdem er wieder abgereist war, hat sie nichts mehr von ihm gehört.«

»Der also auch nicht. Gab es denn niemanden im letzten Jahr?« Andreas überlegte kurz.

»Nein, nicht, dass ich wüsste. Ihre einzige richtig lange Beziehung war Aiden, ein Amerikaner, der hier ein Haus geerbt hatte. Sie waren drei Jahre lang zusammen gewesen. Aber als er wieder zurück zu seiner Familie musste und Anni nicht mitkommen wollte, verließ er sie ohne ein weiteres Wort. Wir haben seither weder etwas von ihm gesehen noch von ihm gehört. Das Haus wurde mittlerweile auch verkauft.« Frustriert seufzte ich.

»Das bringt uns leider alles nicht weiter.«

»Moment! Da war doch dieser eine Typ, den sie in ihrem letzten Urlaub kennengelernt hat!« Jetzt wurde ich hellhörig.

»Was war denn mit dem?«

»Also, alle Details kenne ich auch nicht, aber was Anni mir so erzählt hat, haben sich die beiden in so einem Adults-Only-Thermenhotel kennengelernt. Den Gutschein für diesen Urlaub hatte sie von Linda, Sunny, Karl, Margit und mir zu ihrem vorletzten Geburtstag bekommen. Wir mussten sie regelrecht drängen, endlich einen Termin zu buchen. Naja, wie auch immer. Auf jeden Fall hat sie diesen Typ am ersten Abend beim Essen kennengelernt. Sie haben sich wohl sehr nett unterhalten und die nächsten Tage zusammen verbracht.« Während ich Andreas so zuhörte, schloss sich meine Hand immer fester um mein Handy, doch ich schrieb eifrig mit.

»Anni hat mir auch einige Fotos geschickt, war wohl überzeugt, sie hätte da einen wirklich guten Kerl kennengelernt. Aber …« Er verstummte.

»Aber, was?«, hakte ich nach, ein ungutes Gefühl in der Magengegend. Ein tiefes Seufzen drang an mein Ohr.

»Als er nach ein paar Tagen mehr von ihr wollte, sie allerdings nicht, ist er wohl ziemlich aufdringlich geworden. So sehr, dass sie früher abgereist ist. Heimlich, mitten in der Nacht.«

Dreckskerl!

Wenn ich den jemals erwischte, dann …! Ich zwang mich, tief durchzuatmen. Jetzt auszuflippen, half niemandem.

Ich brauchte einen Namen.

»Wie heißt der Kerl?«

»Marcus. Den Nachnamen weiß ich nicht, aber mit seinem Foto müssten wir ihn finden.«

»Gut, dann schick es mir und ich fange an, alles Nötige über ihn zusammenzutragen«, sagte ich und wollte gleich loslegen, als Andreas' verächtliches Schnauben durchs Telefon drang.

»Du glaubst doch nicht wirklich, dass ich dich allein den Helden für meine beste Freundin spielen lasse? Ne, ne, nix da. Ich komme vorbei und wir machen das gemeinsam. Bin in fünfzehn Minuten da.«

Lächelnd dankte ich ihm und legte auf. Erneut las ich mir die Infos durch, die ich mitgeschrieben hatte.

»So schnell wirst du nicht mehr an Anni herankommen, Marcus!«

Anni

Das Wochenende war gut verlaufen. Produktiv, ohne große Störungen. Daher hatte ich beschlossen, auch noch den Montag dranzuhängen.
Leider hatte ich die Zeit vergessen und so stapfte ich nun mit meiner Tasche in der Dunkelheit die Treppen zu Omas Haus hinauf. Ich war so müde, dass ich mich sehr konzentrieren musste, um einen Fuß vor den anderen zu setzen. Wie sehr freute ich mich nun schon auf mein Bett! Morgen musste ich so oder so wieder zeitig aufstehen, damit ich pünktlich in der Bäckerei wäre.

Aus dem Nichts heraus tauchte plötzlich eine in schwarz gekleidete, große Gestalt vor mir auf. Ich erschrak beinahe zu Tode und wollte ausweichen, doch da war es bereits zu spät.

Die Gestalt packte mich an den Schultern. Ich ließ meine Tasche fallen und sie rutschte einige Treppen hinab. Ich wollte mich wehren, ihn anschreien, er solle mich loslassen. Aber so weit kam ich nicht mehr. Sein hämisches Grinsen war das letzte, das ich sah, bevor ich rückwärts die Treppen hinunterstürzte. Ich spürte jede Stufe, die sich in meinen Körper bohrte, hörte den eisigen Wind, der durch die Gassen pfiff. Ein unsagbar großer Schmerz explodierte in meinem Kopf. Auf einmal war alles still um mich herum und ich sank in eine tiefe Schwärze.

KAPITEL 10

Sascha

Andreas und ich hatten das Wochenende wie zwei Verrückte an unserer Ex-Freund-Theorie gearbeitet. Zum Schluss blieben nur noch zwei Verdächtige übrig.

Annis amerikanischer Ex-Freund Aiden und ihr Urlaubsflirt Marcus. Ich persönlich tendierte zwar eher zu letzterem, aber Andreas war nicht hundertprozentig davon überzeugt, dass Aiden nicht doch wieder zurückgekommen war.

Unseren freien Montag hatten wir dann beide genutzt, um uns auszuruhen. Meine tägliche Laufrunde hatte ich auf die frühen Abendstunden verschoben. Dabei musste ich notgedrungen auch an Annis Hütte vorbei. Dort brannte noch Licht, was ich ungewöhnlich, aber nicht seltsam fand. Vielleicht hatte sie einen guten Tag beim Schreiben gehabt und war deshalb noch etwas länger geblieben. Kurz blieb ich stehen und überlegte, an ihre Tür zu klopfen.

Mit einem Kopfschütteln verwarf ich den Gedanken jedoch gleich wieder. Was hätte ich denn auch sagen sollen, warum ich plötzlich vor ihrer Tür stand? Wir waren keine Freunde.

Wir hatten nur einen gemeinsamen Freund, Andreas. Aber das war auch schon alles.

»Ja, ja, rede dir das nur weiter ein, du Idiot!«, schimpfte ich leise, nachdem ich mich wieder auf den Heimweg gemacht hatte.

Am Dienstagmorgen trafen Andreas und ich uns auf dem Revier und

gingen dann in die Stadt. Heute waren wir wieder für die Patrouille eingeteilt.

»Guten Morgen, Kollege! Bereit für unser Frühstück?« Andreas wartete bereits auf den Stufen vor dem Polizeigebäude auf mich.

»Guten Morgen. Natürlich, gehen wir!« Auf dem Weg zur Bäckerei erzählte mir mein Freund von seinem gestrigen Tag mit Sandra, nachdem ich meine eigenen Unternehmungen in nur zwei Sätzen zusammengefasst hatte.

Ich versuchte mich wirklich auf meinen Kollegen zu konzentrieren, aber die Aussicht darauf, Anni gleich zu sehen, lenkte mich irgendwie ab. Warum nur? Ja, sie war hübsch und wir hatten uns an diesem einen Abend ganz gut unterhalten, aber sonst gingen wir uns doch nur gegenseitig an die Kehle. Warum also beschleunigte ich meine Schritte, als die Bäckerei in Sicht kam?

»Hast du es irgendwohin eilig, Kollege?« Andreas grinste mich verschmitzt an, während er versuchte, mit mir Schritt zu halten. So schnell ich konnte und doch möglichst unauffällig, drosselte ich mein Tempo wieder.

»Was? Wieso? Ich will nur noch eine von Margits Zimtschnecken abbekommen, das ist alles.« Mein Freund beobachtete mich immer noch schmunzelnd.

»Zimtschnecke … na klar!« Glücklicherweise trat er ohne ein weiteres Wort in die Bäckerei und ich folgte ihm.

»Guten Morgen, Margit!«, begrüßten wir die ältere Dame hinter der Theke.

»Guten Morgen, die Herren! Wie schön euch zu sehen! Dasselbe wie immer?« Wir bejahten und Margit machte sich daran, unsere übliche Bestellung einzupacken. Möglichst unauffällig, wie ich zumindest fand, versuchte ich einen Blick nach hinten in die Backstube zu erhaschen. Wenn Anni um diese Uhrzeit nicht vorne an der Theke stand, kümmerte sie sich hinten um die Verzierungen der Muffins. Das hatte sie schon als kleines Kind gemacht, hatte sie mir bei unserem gemeinsamen Abend erzählt.

»Pass auf, dass du dir den Hals nicht verrenkst, Romeo«, flüsterte Andreas und unterdrückte mit Mühe ein Lachen, als ich ihn böse ansah.

»So, ihr beiden. Das macht dann drei Euro zwanzig für dich, Andreas, und vier Euro bei dir, Sascha.« Beide gaben wir ihr das Geld und ich warf noch einmal einen kurzen Blick in Richtung Backstube. Eine kleine, enttäuschte Stimme meldete sich in mir, doch ich versuchte, sie so rasch wie möglich zu unterdrücken. Dann sah ich sie heute eben nicht, na und? Die letzten Tage hatte ich sie auch nicht gesehen, also warum sollte das so einen großen Unterschied machen?

»Sag einmal, Margit, ist Anni heute gar nicht da?«, riss mich Andreas' Frage aus meinen Gedanken.

»Tut mir leid, sie hat sich heute früh krankgemeldet. Hat wohl etwas Schlechtes gegessen, das arme Ding.«

»Oh, wie schade. Dann werden wir einmal bei ihr vorbeischauen, ob sie etwas braucht«, meinte Andreas und Margit lächelte uns dankbar an.

»Des Mensch hat ja so ein Glück, euch beide zu haben. Sagt ihr gute Besserung von Karl und mir und sie soll mich bitte anrufen, wenn es ihr wieder bessergeht.«

»Werden wir ihr ausrichten. Euch noch einen schönen Tag«, erwiderte ich und verließ die Bäckerei.

»Passt auf euch auf. Einen ruhigen Dienst wünsche ich«, verabschiedete Margit uns. Andreas trat neben mich und deutete mit dem Kopf in die Richtung, in der Anni wohnte.

»Na, dann wollen wir einmal. Du hast es gehört, wir haben einen Auftrag von höchster Priorität!«, feixte er und biss in sein Nougatcroissant.

»Wenn es denn unbedingt sein muss«, grummelte ich, war jedoch keine Sekunde später bereits auf dem Weg zu den schmalen Gassen, die zu den Treppen führten.

»Ja, ich sehe schon, ich muss dich regelrecht dazu zwingen, nach ihr zu sehen.«

»Ach, halt doch die Klappe«, murmelte ich.

»Weißt du, Sandra und ich finden, ihr wärt ein tolles Paar. Ihr würdet euch vielleicht manchmal in den Haaren liegen, aber ansonsten wärt ihr sicher unschlagbar. Also, natürlich nicht so unschlagbar wie wir, aber doch.«

Genervt blieb ich stehen und wandte mich meinem Kollegen zu.

»Worauf willst du hinaus, Andreas?« Ernst sah er mich an und legte den Kopf schief.

»Darauf, dass ihr beide einfach einen zu großen Sturkopf habt, um euch einzugestehen, dass euch etwas an dem jeweils anderen liegt. Mein Gott, Sascha! Wäre es denn so schlimm zuzugeben, dass du sie magst? Denn sie mag dich auf jeden Fall! Das sieht sogar ein Blinder!« Seine Worte lösten einen kleinen Hoffnungsschimmer in mir aus. Meinte er das ernst? Sie mochte mich? Dieser Gedanke wollte mich gerade vereinnahmen, als es sich plötzlich so anfühlte, als würde ich gegen eine Mauer fahren.

Nein.

Nicht noch einmal!

Nie wieder!

Kopfschüttelnd und mit zusammengebissenen Zähnen stapfte ich davon.

»Du irrst dich«, war alles, was ich zu Andreas sagte.

»Aber …«, setzte dieser an, doch so schnell ich konnte, wirbelte ich herum.

»Ich sagte, du irrst dich! Ich kann sie nicht leiden und sie mich auch nicht. Und dabei bleibt es, verstanden?« Mein plötzlicher Stimmungsumschwung schien ihn zu erschrecken, denn er nickte nur und wir begannen schweigend, unsere Route abzugehen. Vergessen war das Vorhaben, zuerst bei Anni vorbeizuschauen, wir würden so oder so noch bei ihrem Haus vorbeigehen. Doch zuerst musste ich wieder einen klaren Kopf bekommen.

Niemand hier konnte etwas für das, was passiert war. Ich musste endlich lernen, besser damit umzugehen. Sonst, befürchtete ich, würde mich meine Vergangenheit auf unschöne Weise einholen.

Wir absolvierten unsere Tagesrouten zum größten Teil schweigend, doch nun kamen wir auf unserem Weg zurück zur Station Annis Haus immer näher.

»Ist es okay, wenn ich kurz …«, fragte Andreas vorsichtig und ich konnte es ihm nicht einmal verübeln. Mir tat mein Verhalten von vorhin sehr leid, doch ich wusste nicht, wie ich es ihm erklären sollte.

»Klar. Ich komme mit«, erwiderte ich daher so freundlich wie möglich und folgte ihm. Vor Annis Tür blieb er stehen, ich ein paar Schritte hinter ihm.

Andreas klopfte einmal. Keine Reaktion.

Er klopfte ein weiteres Mal. Wieder nichts.

»Anni? Bist du da?«, rief er und klopfte erneut gegen die Tür, dieses Mal etwas bestimmter. Endlich hörten wir Geräusche im Inneren.

»Ja, Andreas, ich bin da. Mir geht es gut. Danke fürs Vorbeischauen.«

Verwirrt sahen wir uns an. Das war zwar eindeutig Annis Stimme, aber warum öffnete sie uns nicht?

»Das ist schön zu hören. Darf ich kurz reinkommen?«, rief Andreas erneut, worauf wieder nur Stille folgte.

»Ich … ich möchte lieber allein sein. Danke trotzdem fürs Kommen.« Mein Kollege sah mich mit gerunzelter Stirn an.

»Anni, mach jetzt bitte die Tür auf, oder wir kommen rein! Ich weiß, wo dein Ersatzschlüssel liegt!« Ein letztes Mal warteten wir ab. Eine gefühlte Ewigkeit später wurde die Tür aufgeschlossen und einen Spalt geöffnet.

»Du kannst echt nerven, weißt du das?«, rief uns Anni zu, während sie wieder im Haus verschwand. Wir traten ein und sahen uns um. Alles war sauber und an seinem Platz. Auch die Küche war auf Hochglanz geputzt und im Wohnzimmer war kein Anzeichen dafür zu sehen, dass dort jemand krank den Tag verbracht hatte.

»Ich weiß, aber deshalb liebst du mich auch so!«, entgegnete Andreas. Ich entdeckte Anni als erster, nachdem ich weiter ins Wohnzimmer trat.

Die Wut stieg so schnell in mir hoch, dass ich sie kaum noch zügeln konnte. Fuchsteufelswild stieß ich ihre Schlafzimmertür ganz auf, trat die wenigen Schritte zu ihr und blieb hinter ihr stehen. Erschrockene, große Augen, sahen mich in dem Spiegel an, vor dem sie gerade stand. Ich zog ihre Hand von ihrem Gesicht weg, das sie gerade versuchte zu schminken. Als sie mir ihren Arm entreißen wollte, packte ich ein wenig fester zu und sie zuckte zusammen. Augenblicklich ließ ich sie los und trat einen halben Schritt zurück.

»Sieh mich an«, verlangte ich heiser, innerlich und äußerlich kochend vor Wut. Sie senkte den Blick im Spiegel, vermied es, mich anzusehen. Ich hörte Andreas ebenfalls ins Schlafzimmer treten, doch er blieb hinter mir stehen.

»Anni. Sieh. Mich. An!«, verlangte ich erneut mit zusammengebissenen Zähnen. Langsam drehte sie sich um, den Kopf noch immer gesenkt und die Arme vor ihrer Brust verschränkt. Vorsichtig, um ihr nicht nochmal wehzutun, hob ich ihr Kinn mit einem Finger an, bis ihr Blick meinen traf. Sie hatte Tränen in den Augen. Eine aufgeplatzte Lippe, eine Wunde am Haaransatz und ein paar Schrammen.

Mit zusammengebissenen Zähnen nahm ich vorsichtig ihre Hände und löste sie von ihrem Oberkörper. Sie ließ alles mit abgehaktem Atem geschehen. Sanft schob ich die langen Ärmel ihres Pullovers nach oben und entblößte ihre mit blauen Flecken übersäten Arme.

»Scheiße!«, zischte Andreas hinter mir, kam jedoch nicht näher. Meine Wut stieg ins Unermessliche. Ich wollte denjenigen, der ihr das angetan hatte, mit bloßen Händen dafür büßen lassen!

»Wer hat das getan?« Meine Stimme glich einem Grollen. Anni begann zu zittern und eine Träne rollte über ihre Wange.

»Ich weiß es nicht«, flüsterte sie. Im nächsten Moment vergrub sie ihr Gesicht an meiner Brust und klammerte sich an mich. Um Beherrschung ringend schloss ich sie in meine Arme und versuchte, ein paar Mal tief durchzuatmen. Ihr ganzer Körper bebte. Ich wollte ihr sagen, dass alles wieder gut werden würde, dass ich auf sie aufpassen und sie beschützen würde. Doch würde sie mir das glauben? Könnte ich mir das selbst überhaupt glauben?

»Anni«, sagte Andreas sanft und trat an uns heran. Ich hatte für kurze Zeit vergessen, dass er auch noch da war.

»Was ist passiert?« Anni sah nicht auf, sie blieb eng an mich gekuschelt stehen und wir hatten Mühe, sie zwischen ihren Schluchzern zu verstehen. Kurzerhand führte ich sie die wenigen Schritte zu ihrem Bett, setzte mich darauf und zog sie auf meinen Schoß. Nun lag ihr Gesicht in meiner Halsbeuge und ich umfasste sie mit beiden Armen. Andreas hockte sich vor uns hin und legte ihr eine Hand aufs Knie, wobei sie jedoch wieder zusammenzuckte.

Sofort zog er seine Hand weg und ich verstärkte meinen Griff um sie unwillkürlich.

»Anni, bitte. Erzähl uns was passiert ist«, bat ich, so ruhig ich konnte. Noch immer kämpfte ich mit dem Drang, mich sofort auf die Suche nach demjenigen zu machen. Doch sie hielt sich so fest an meiner Dienstjacke an, dass ich es nicht übers Herz brachte, sie loszulassen.

»Ich ... ich weiß nicht wer ... wer das gewesen ist. Es war dunkel und ich war müde, und er ganz in Schwarz gekleidet. Und ... und ...« Beruhigend strich ich ihr über den Rücken, darauf bedacht, sie sanft zu berühren, falls sie noch irgendwo verletzt war.

»Alles ist gut. Du bist in Sicherheit. Atme ganz ruhig ein und wieder aus«, murmelte ich ihr zu. Es schien zu helfen, ein paar Minuten später war sie so ruhig, dass wir sie zumindest wieder verstehen konnten.

»Ich war gestern spät abends auf dem Weg nach Hause. Ich hatte einen guten Tag beim Schreiben gehabt und darüber die Zeit vergessen. Ich war so müde und hatte nicht mehr auf den Weg vor mir geachtet. Auf den letzten Stufen stand dann plötzlich diese schwarze Gestalt vor mir. Er hat mich an den Schultern gepackt und dann ging alles so schnell. Ich weiß gar nicht mehr wirklich, was passiert ist. Ich weiß nur noch, dass mir alles wehgetan hat und dann bin ich wohl ohnmächtig geworden.«

Sie holte ein paar Mal tief Luft, und Andreas' und mein Blick trafen sich. Nun war es absolut klar. Diese ganzen Vorkommnisse der letzten Zeit waren keine Zufälle gewesen.

»Irgendwann bin ich dann aufgewacht«, erzählte sie weiter.

»Ich bin dann irgendwie ins Haus gekommen, habe Margit eine Nachricht geschickt, dass es mir nicht gut geht und mich dann hier eingeschlossen. Ich weiß nicht, wer das war.« Sie begann wieder zu weinen und vergrub ihr Gesicht an meiner Schulter.

»Ich habe solche Angst, dass er noch da draußen ist!« Weiterhin streichelte ich sanft über ihren Rücken. Andreas tigerte unterdessen auf und ab.

»Anni, du solltest mit uns kommen und eine Anzeige aufgeben«, meinte ich leise und sie sah mich an.

»Denkst du, dass das etwas bringt? Ich habe doch nichts gesehen!«

»Ich denke, dass all diese Vorfälle, die offene Balkontür, der verwüstete Vorgarten und jetzt das … ich glaube, das alles hängt zusammen.«

Erschrocken riss sie die Augen auf.

»Oh Gott. Der Typ war hier drinnen? Wer weiß was der … o mein Gott!« Nun mischte sich auch Andreas ein.

»Du kommst die nächsten Tage mit zu mir und Sandra, Anni. Keine Diskussion. Ich will nicht, dass du hier noch länger allein bist, solange dieser Irre dort draußen frei herumläuft!« Sie wischte sich ihre Tränen ab und sah meinen Kollegen mit hochgezogener Augenbraue an.

»Damit ich dann auf eurer unbequemen Klappcouch schlafen muss? Nein, danke. Ich gehe in meine Hütte, da gibt es auch keine Treppen, über die man mich schubsen kann.« Ich verkniff mir ein Schmunzeln. Sie war schon wieder genauso eigensinnig, wie ich sie kannte.

Doch trotz ihres dickköpfigen Benehmens blieb ihre Hand weiterhin eisern in meine Jacke geklammert. Auch das Zittern hatte zwar etwas nachgelassen, doch ich spürte es noch immer.

»Es kommt ja überhaupt nicht in Frage, dass du allein in der Hütte bleibst! Dort gibt es zwar keine Treppen aber dafür einen riesigen See, schon vergessen? Dem Kerl traue ich mittlerweile alles zu!«, regte sich Andreas auf.

»Du kannst mir nicht sagen, was ich zu tun und zu lassen habe! Keiner von euch!«, wehrte sich Anni und ich hob, so schnell ich konnte, meine Hände.

»Was habe ich denn jetzt gemacht?« Überrascht sah sie zu mir auf.

»Entschuldige, dich hatte ich jetzt gar nicht gemeint. Aber du bist doch sicher auch seiner Meinung, dass ich mit zu ihm und Sandra gehen soll, oder?« Mein Blick wechselte zwischen der Frau auf meinem Schoß und Andreas hin und her. Dieser sah mich auffordernd an. Zu einem Entschluss kommend seufzte ich. Das würde ich sicher bald bereuen.

»Ich stimme Andreas dabei zu, dass du die nächste Zeit nicht allein sein solltest«, begann ich, wurde aber gleich unterbrochen.

»Ha! Siehst du? Danke, Sascha! So, und jetzt pack deine Sachen, Anni. Ich rufe schon einmal Sandra an und dann werde ich …«

»Dann wirst du endlich einmal für zwei Minuten den Mund halten!«, fuhr ich Andreas ebenso dazwischen, wie er mir gerade. Vorsichtig half ich Anni auf die Beine und stand ebenfalls auf.

»Ich wollte sagen, ich stimme dir zu, dass sie nicht allein sein sollte. Aber wenn sie nicht auf unbestimmte Zeit auf deiner alten Couch leben möchte, kann ich das nur zu gut verstehen. Das Ding ist wirklich unbequem und bretthart!«

»Dankeschön!« Triumphierend grinste Anni Andreas an. Hätte nur noch gefehlt, dass er ihr die Zunge rausstreckte wie ein bockiges, kleines Kind. Manchmal konnte man echt glauben, die zwei wären Geschwister!

»Daher kannst du auch gerne bei mir im Gästezimmer wohnen, wenn du das möchtest, Anni«, beendete ich meinen Vorschlag, für den ich mir innerlich bereits einen Arschtritt nach dem anderen verpasste.

Eine blödere Idee als diese hätte mir nun wirklich nicht einfallen können, aber was sollte ich tun? Ein Blick in diese liebevollen Augen und ich würde mir jederzeit eine Kugel für sie einfangen. Einer ganzen Armee würde ich mich entgegenstellen, um sie zu beschützen! Was waren da schon ein paar Tage, die sie in meinem Gästezimmer verbringen würde? Definitiv weniger tödlich als ein Kugelhagel. So viel war sicher.

»Ehrlich? Das wäre wirklich in Ordnung für dich?« Annis ungläubige Stimme riss mich aus meinen Überlegungen.

»Ja, ist es. Und jetzt pack das ein, was du brauchst, du kommst gleich mit uns mit.« Ein Lächeln stahl sich auf ihre Lippen, das ich nur zu gerne erwiderte. Oder erwiderte ich es nur aus Reflex? Keine Ahnung, doch mir blieb gar keine Zeit, weiter darüber nachzudenken, denn Andreas packte mich am Arm und zog mich aus dem Zimmer.

»Wir warten so lange in der Küche!«, rief er Anni zu, die gerade dabei war, ein paar Klamotten einzupacken. Erst dort angekommen ließ mein Kollege meinen Arm wieder los. Belustigt sah er mich an und verschränkte die Arme.

»Was?«, grummelte ich und verschränkte ebenfalls die Arme vor der Brust.

»Ihr könnt euch nicht leiden. Na, dass ich nicht lache!«

KAPITEL 11

Anni

Andreas und Sascha eskortierten mich wie ein rohes Ei zur Polizeistation. Einer links von mir, der andere rechts. Ihre Anspannung war regelrecht greifbar. Ich war für diese kalte Jahreszeit dankbar, denn so konnte ich meine Blessuren unter Jacke, Schal und Haube verstecken. Auf dem Revier angekommen, führten mich die beiden in ihr Büro. Dort nahmen sie meine Aussage auf, auch wenn ich mir selbst dabei nur bedingt hilfreich vorkam.

Ich hatte doch nichts gesehen. Kein Gesicht, keine Hautfarbe, nichts! Oder zumindest konnte ich mich nicht mehr daran erinnern.

Danach bestand Andreas darauf, mich im nächsten Krankenhaus durchchecken zu lassen, doch ich weigerte mich. Erneut fingen wir an, uns zu streiten, bis Sascha zwischen uns trat. Vorsichtig schob er mich an meinen Schultern ein paar Schritte zurück.

»Wärst du damit einverstanden, wenn dich zumindest eine Sanitäterin durchcheckt? Entweder hier oder bei mir?« Dabei blickte er mir so tief in die Augen, dass ich gar nicht anders konnte als zu nicken.

»Okay, dann rufe ich sie gleich an.« Mit diesen Worten verließ er das Zimmer. Nachdenklich sah ich ihm hinterher. So lange war er doch noch gar nicht hier, woher kannte er denn jetzt schon eine Sanitäterin?

War sie vielleicht seine … nein, eine Freundin hatte er sicher nicht, das hätte Andreas mir erzählt. Aber vielleicht etwas Ähnliches? Waren die zwei …

»Mein Gott, Anni. Ich kann dich bis hier her denken hören!«, lachte Andreas und ließ sich auf seinen Sessel fallen. Böse funkelte ich ihn an.

»Halt die Klappe!«

Wenig später kamen wir alle bei Saschas Haus an. Davor warteten bereits Sandra und eine junge, zierliche, verdammt hübsche Blondine. Sandra kam sofort auf mich zugelaufen. Zum Glück umarmte sie mich nicht, da noch immer jeder Zentimeter meines Körpers schmerzte. Sie ergriff nur meine Hand.

»Anni! Was machst du denn nur für Sachen?« Besorgt beäugte sie mich von oben bis unten.

»Glaub mir, wenn ich es mir hätte aussuchen können, wäre mir sicher etwas anderes eingefallen als ein Treppensturz«, meinte ich und drückte ihre Hand. Auch die Blondine kam nun auf uns zu und schenkte jedem von uns ein Lächeln.

»Das glaube ich dir gerne. Hallo, ich bin Tina«, stellte sie sich bei mir vor. Höflich lächelnd nickte ich

»Dann wollen wir uns dich einmal ansehen«, sagte sie und ging voraus. Ein wenig skeptisch folgte ich ihr, Sandra dicht neben mir und die Männer hinter uns.

Wir drei Frauen zogen uns in das Gästezimmer, das für die nächsten Tage mein Zuhause sein würde, zurück. Sascha und Andreas warteten unterdessen im Wohnzimmer. Tina breitete ihre Utensilien auf dem Bett aus, Sandra half mir unterdessen aus meinem Oberteil zu schlüpfen. Sobald sie die vielen blauen Flecke sah, zog sie scharf die Luft ein.

»Ich weiß, sieht schlimm aus«, gab ich schwach lächelnd zu.

»Du musst nicht hierbleiben, du kannst gerne zu den Jungs rausgehen.« Vehement schüttelte sie den Kopf.

»Keine Chance! Ich bin lange genug bei der Polizei. Du willst gar nicht wissen, was ich schon alles gesehen habe.« »Das stimmt allerdings. Du siehst momentan zwar wirklich schlimm aus, aber solange nichts gebrochen oder innere Organe verletzt sind, ist alles in Ordnung. In ein paar Wochen bist du dann wieder wie neu.« Tina trat zu uns und fing an, mich zu untersuchen.

Eine halbe Stunde später gesellten wir uns wieder zu Andreas und Sascha. Letzterer kam auf mich, oder doch auf Tina, die direkt neben mir stand, zu.

»Und? Alles in Ordnung?« Tina lächelte ihn an.

»Ja, sie wird die nächsten Tage noch Schmerzen haben. Eine Gehirnerschütterung will ich nicht ausschließen. Achte bitte darauf, dass sie sich möglichst viel ausruht. Kein Fernsehen, kein Lesen, nichts, was die Augen anstrengt. Zumindest bis Ende der Woche.« Sascha nickte, sie verabschiedete sich von uns und er folgte ihr zur Haustür. Dabei legte er ihr eine Hand auf den unteren Rücken. Sie unterhielten sich noch kurz, dann verabschiedeten sich mit einem Küsschen auf die Wange voneinander. Bevor sie jedoch ging, legte sie ihre Hand auf seine Brust. Ich fühlte mich, als würde ich einen Autounfall beobachten. Ich konnte einfach nicht wegsehen.

Da hatte ich mit meiner Vermutung über die beiden wohl doch recht gehabt. Ich wusste nicht, wie ich mich dabei fühlen sollte. Irgendwie … leer?

Erschöpft?

Ja, das traf es gut. Mit einem Mal fühlte ich mich unsagbar müde und beinahe so, als könnte ich mich keine Minute länger auf den Beinen halten.

Blinzelnd schaffte ich es, einen kurzen Blick zu Sandra und Andreas zu werfen. Die beiden beobachteten Tina und Sascha ebenfalls, die noch immer, sich leise unterhaltend, draußen auf den Stiegen standen.

»Ich bin ziemlich müde. Ich lege mich lieber hin …«, murmelte ich und winkte meinen Freunden einmal kurz zu, bevor ich mich ins Gästezimmer zurückzog. Kraftlos ließ ich mich in den Klamotten, die ich gerade trug, auf das Bett fallen und schloss die Augen.

»Du bist doch wirklich eine blöde Kuh«, flüsterte ich mir leise zu, bevor die erste Träne fiel.

KAPITEL 12

Sascha

»Okay, wir sehen uns. Und danke nochmal!« »Gerne. Ruf mich an, wenn du oder Anni noch etwas brauchen«, entgegnete Tina und verabschiedete sich mit einem Küsschen auf die Wange von mir, welches ich erwiderte. Bevor sie die ersten Treppenstufen hinabgestiegen war, wandte sie sich nochmal um und legte mir eine Hand auf die Brust.

»Ach, und, Sascha?« Verwirrt sah ich auf ihre Hand hinab.

»Ja?« Aufmunternd grinste sie mich an.

»Vermassle es nicht. Sie hat dich wirklich gern.« Beinahe fiel mir die Kinnlade herunter.

»Woher …?« »Eine Frau merkt so etwas.« Tina tippte sich auf die Nase, zwinkerte mir zu und machte sich auf den Weg zu ihrem Auto. Kopfschüttelnd trat ich wieder ins Innere. Im Wohnzimmer angekommen sah ich jedoch nur noch Sandra und Andreas auf meinem Sofa sitzen. Die beiden sahen absolut nicht glücklich aus.

»Wo ist Anni?«, fragte ich. Andreas holte schon zu einer Antwort aus, doch Sandra stoppte ihn.

»Sie war müde und hat sich schlafen gelegt.« Sie stand auf und zog Andreas mit sich.

»Wir werden jetzt auch gehen. Ruf uns an, wenn Anni etwas braucht.«

»Ja, wir sehen uns morgen, Kollege«, verabschiedete sich Andreas murmelnd von mir und kurz darauf waren auch sie verschwunden. Verdattert blieb ich allein in meinem Wohnzimmer stehen.

»Was zum Teufel war das denn jetzt?« Mein Blick fiel auf die Gästezimmertür. Sandra meinte, Anni sei müde gewesen. Kein Wunder, sie hatte vermutlich seit dem Sturz kein Auge mehr zugemacht. Aber was war mit einer möglichen Gehirnerschütterung? Sie sollte sich zwar ausruhen, aber was, wenn doch noch nachträglich Probleme auftraten und sie allein war?
Das könnte ich mir nicht verzeihen.

So leise ich konnte, öffnete ich die Tür einen Spalt und lugte hinein. Anni musste wirklich außergewöhnlich müde gewesen sein, denn, obwohl das alles nur wenige Minuten gedauert hatte, atmete sie bereits tief und gleichmäßig. Vorsichtig trat ich näher. Sie lag noch vollständig angezogen und zusammengerollt auf der Decke und zitterte leicht. Schnell holte ich eine Decke aus dem Wohnzimmer und legte sie über sie. Dabei blieb mein Blick an ihrem Gesicht hängen. Mein Gott, sie war wirklich schön. Sacht strich ich ihr eine Haarsträhne von der Wange und bemerkte dabei frische Tränenspuren. Sie hatte geweint. Mein Magen krampfte sich so sehr zusammen, dass ich auf meine Zähne beißen musste. Sie hatte Angst, und das konnte ich nur zu gut verstehen. Dieser Irre würde es vermutlich fertig bringen, sie zu töten, wobei der Sturz auf den Treppen sicher bereits der erste Versuch gewesen war.

»Keine Sorge, Tollpatsch, ich passe auf dich auf«, flüsterte ich, bevor ich mich zurückzog. Ganz allein wollte ich sie jedoch nicht lassen, aber in ihrem Zimmer zu bleiben war auch keine Option. Daher schnappte ich mir kurzerhand ein paar Polster und eine weitere Decke von der Couch, ließ ihre Schlafzimmertür halb offen und lehnte mich außen neben der Tür gegen die

Wand. Das würde eine lange Nacht werden, besonders, weil es erst gegen sechs Uhr abends war. Ich griff nach meinem Handy und öffnete die Lese-App, die ich schon lange nicht mehr benutzt hatte. Wenige Klicks später hatte ich das gesuchte Buch gefunden und fügte es meiner Bibliothek hinzu.

»*Nothing More*. Na dann, überrasch mich einmal, Anni«, murmelte ich, lehnte mich an die Wand und begann zu lesen.

Ein lauter Schrei und ein noch lauteres Poltern riss mich aus einem unruhigen Schlaf. Augenblicklich war ich auf den Beinen und wollte gerade in Annis Zimmer stürmen, als ich sie plötzlich neben mir auf dem Boden sitzen sah. Sofort war ich bei ihr und tastete zeitgleich mit meiner freien Hand nach dem Lichtschalter.

»Alles in Ordnung? Was ist passiert?«, fragte ich, und sobald das Licht den Raum erhellte, suchte ich sie besorgt nach Verletzungen ab. Mit großen Augen und heftig atmend sah sie mich an.

»Was passiert ist? Ist das dein Ernst? Ich wollte mir nur etwas zu trinken holen und dann bin ich beinahe zu Tode erschrocken, weil jemand vor meiner Tür gesessen hat!« Ich stoppte meine hektischen Bewegungen und sah sie an.

»Oh.« Mehr fiel mir darauf nicht ein.

»Ja, oh! Mein Gott, Sascha! Ich hätte dir ernsthaft wehtun können!«, schimpfte sie, während ich ihr auf die Beine half. »Was machst du da eigentlich?«

»Ähm. Ich wollte dich nicht ganz allein lassen. Weil es ja noch immer sein kann, dass weitere Probleme auftreten. Außerdem …«, begann ich, stoppte jedoch.

»Außerdem?«, hakte Anni natürlich nach.

War ja klar, dass sie es nicht auf sich beruhen lassen konnte. Ergeben seufzte ich.

»Ich wollte wissen, dass du sicher bist. Das ist alles kein Spaß mehr, Anni. Dieser Kerl … er hätte dich …«

»Ich weiß.« Betreten standen wir uns nun gegenüber und sahen beide auf den Boden.

»Dankeschön«, flüsterte sie und lächelte mich zaghaft an. »Nichts zu danken«, erwiderte ich ebenfalls mit einem Lächeln.

»Ich hole dir etwas zu trinken. Du solltest dich wieder ins Bett legen und ausruhen.« Anni warf einen nachdenklichen Blick ins Gästezimmer und dann auf meinen Schlafplatz vor ihrer Tür.

»Das solltest du auch tun. Ins Bett gehen, meine ich. Du musst morgen arbeiten und in deinem Job sollte man ausgeruht sein.«

»Schon in Ordnung. Ich brauche nicht viel Schlaf und mein neues Schlaflager ist bequemer als es aussieht«, erwiderte ich und rieb mir über den Nacken. Leise lachte Anni und mir ging das Herz auf. So wollte ich sie sehen. Fröhlich, unbeschwert und mit strahlenden Augen.

»Du bist wirklich kein guter Lügner. Sollte das bei einem Polizisten nicht in der Stellenbeschreibung stehen? Wie würdest du denn einen bewaffneten Menschen davon überzeugen wollen, dass er von Scharfschützen umzingelt ist, wenn du nicht einmal mir vormachen kannst, dass ein paar Polster auf dem Boden bequem sind?«

»Hm. Also davon, dass es in den Stellenausschreibungen steht weiß ich nichts, aber dein Argument ist nicht zu leugnen. Ich werde das gleich morgen früh ans Innenministerium in Wien melden!« Mein scherzender Tonfall brachte sie noch mehr zum Lachen und auch mein Grinsen wurde breiter.

Sie war so schön, wenn sie lachte!

»Okay, vergiss aber nicht zu erwähnen, dass es meine Idee war. Glaub ja nicht, dass du die ganzen Lorbeeren dafür einheimsen kannst, Schnösel.«

»Würde mir nie in den Sinn kommen, Tollpatsch.« Eine Weile sahen wir uns an, bis sie den Blickkontakt schließlich abbrach. Schade, ich hätte sie gerne noch weiter dabei beobachtet, wie ihr immer mehr Röte in die Wangen stieg.

»Ich … also … ich hole mir jetzt ein Glas Wasser und dann gehst du bitte endlich in dein Bett. Wenn ich weiß, dass du hier auf dem Boden schläfst, bekomme ich nämlich kein Auge mehr zu«, sagte sie und begann, die Polster und Decken aufzusammeln. Eilig nahm ich ihr sie ab.

»Ich mache das schon. Und außerdem ist das mein Haus. Du kannst mir also gar nicht sagen, wo ich schlafen kann und wo nicht. Woher weißt du denn, dass ich das nicht öfter mache?«, versuchte ich, unseren spaßigen Dialog von eben aufrecht zu erhalten. Anni wurde jedoch plötzlich vollkommen ernst.

Jegliches Lachen war aus ihrem Gesicht verschwunden.

»Weil ich weiß, dass es nicht lustig ist, auf einem kalten, harten Boden schlafen zu müssen«, erklärte sie leise. Kaum hatte sie diese Worte ausgesprochen, weiteten sich ihre Augen und sie verschwand hastig in die Küche. Völlig erschlagen stand ich mit den Pölstern und Decken in den Armen da, die plötzlich eine Tonne zu wiegen schienen.

Nein. Das hatte sie jetzt nicht gesagt! Verdammt!

»Anni!«, rief ich aus, ließ alles fallen und rannte ihr in die Küche hinterher. Mit großen Augen stand sie in der hintersten Ecke und klammerte sich regelrecht an der Arbeitsplatte fest. Schwer atmend, als wäre ich gerade einen Marathon gerannt, hielt ich mich am Türstock fest, um zu verhindern, vollends die Kontrolle zu verlieren.

»J-ja?«, fragte sie leise und zog den Kopf zwischen die Schultern. Nur zu gerne hätte ich sie beruhigt, doch ich konnte mich ja selbst kaum zügeln.

»Wie … wie hast du das eben gemeint?«, grollte ich. Sie sah sich nach einem Ausweg um, doch den einzig möglichen versperrte ich ihr. Als sie sich auch nach mehreren Minuten noch nicht rührte, zwang ich mich zur Ruhe. Ich ließ den Kopf hängen und schloss die Augen. Ich atmete tief durch, versuchte meine Gedanken zu beruhigen.

»Sascha?« Ich hörte sie, doch ich konnte sie noch nicht ansehen. Diese Bilder … ich musste diese Bilder loswerden! Von dort, von ihr. Von Anni in einer ähnlichen Situation.

»Sascha!« Erneut sprach sie mit mir, doch nicht nur das. Ich fühlte, wie sie mir beide Hände an die Wangen legte und meinen Kopf langsam hochdrückte, bis ihr Gesicht vor mir erschien. Mit ihrem Blick nahm sie jedes Detail von mir wahr, doch es fühlte sich nach so viel mehr an. Es war beinahe so, als könnte sie in mich hineinsehen. Ein vorsichtiges Lächeln legte sich auf ihre Lippen.

»Da bist du ja wieder«, flüsterte sie. Sanft ließ ich meine Stirn gegen ihre sinken, ihre warmen Hände noch immer an meinen Wangen.

»Es ist alles gut«, flüsterte sie mit geschlossenen Augen. Auch ich schloss meine, denn alles, was ich in diesem Moment brauchte, stand direkt vor mir. Langsam löste ich meinen Griff vom Türrahmen, unsicher, ob ich mich allein aufrecht halten konnte. Doch ihre Nähe half mir. Sanft legte ich meine Hände an ihre Taille, versuchte, ihr nicht wehzutun, aber sie zuckte keine Sekunde zurück.

»Bitte erklär mir, was du damit gemeint hast, Anni. Hat …« Ich brach ab und verzog schmerzhaft das Gesicht. Allein der Gedanke an meine folgenden Worte brachte mich beinahe um.

»Hat dir jemand wehgetan?«, brachte ich mühsam durch zusammengebissene Zähne hervor. Ihre Stirn weiterhin an meine gelehnt schüttelte sie den Kopf.

»Nein. Nein, mir hat niemand wehgetan.« Ich fühlte, wie sie mit sich rang, darum gab ich ihr einige Minuten Zeit, so schwer mir das auch gerade fiel.

»Ich habe meinen Vater nie kennengelernt und meine Mutter war schwere Alkoholikerin. Ich kann mich nicht an vieles erinnern, bevor ich zu meinen Großeltern kam. Nur daran, dass es immer schmutzig und kalt bei uns im Haus war. Und auch daran, dass ich kein eigenes Bett, sondern nur eine alte Matratze auf dem Boden hatte, auf der ich schlief.« Zähneknirschend verstärkte ich meinen Griff um sie. Ich wagte es nicht, sie nach Details zu ihrer Mutter zu fragen, doch das musste ich auch gar nicht.

»Als ich knapp vier Jahre alt war, kam meine Mutter nach einem ihrer Rauschzüge nicht mehr nach Hause. Zwei Tage später bin ich zu unseren Nachbarn gegangen und habe meine Oma angerufen. Meine Mutter hatte die Jahre zuvor den Kontakt zu ihren Eltern gemieden. Daher wusste sie nicht, wie es um mich stand. Seitdem hatte ich bei ihr und meinem Opa gewohnt.« Hart schluckte ich bei dem Gedanken an ein kleines Mädchen mit Annis großen blauen Augen, das ganz allein in einem kalten, dunklen Haus saß und auf seine Mama wartete.

»Was ist mit ihr passiert?«, fragte ich nach. Anni zuckte nur mit den Schultern.

»Das weiß ich bis heute nicht. Aber das ist mir auch nicht wichtig. Denn ich hatte meine Großeltern und meine Freunde.« Kurz zögerte sie, bevor sie noch leise hinzufügte.

»Und jetzt auch dich.« Ich konnte nicht anders als zu lächeln.

Darauf bedacht, ihr nicht wehzutun, zog ich sie an mich. Auch sie schlang ihre Arme um meine Mitte und vergrub ihr Gesicht an meiner Brust. Sanft wiegte ich uns hin und her. Meine Finger fuhren wie von selbst in ihr Haar und strichen sanft über ihren Nacken.

»Ich bin da, Anni. Ich verspreche dir, ich bin immer für dich da«, flüsterte ich in ihr Haar.

»Und ich bin da für dich«, erwiderte sie leise mit einem Lächeln in der Stimme.

KAPITEL 13

Anni

Ich hatte keine Ahnung, wie lange wir so dastanden, aber es fühlte sich unglaublich gut an! Irgendwann hatte er begonnen, behutsam mit seinen Fingern über meinen Nacken zu streicheln. Meine Hände wanderten unterdessen seinen muskulösen Rücken auf und ab.

Ich wusste nicht genau, welche Erinnerung ihn zuvor so getriggert hatte, doch dass es etwas nicht Alltägliches gewesen war, hatte ich ihm angesehen. Diesen Horror und eine solch tiefe Verzweiflung, wie sie in seinen Augen gestanden hatte, sollte kein Mensch jemals erleben müssen!

Unwillkürlich hielt ich ihn fester und auch sein Griff um mich verstärkte sich.

»Anni?«, fragte er leise.

»Hm?« Mehr als ein Murmeln brachte ich gerade nicht heraus. Ich wollte nicht reden. Ich wollte so lange wie möglich genau so hier mit ihm stehen. In seiner Nähe fühlte ich mich geborgen, beschützt und geliebt. Keine Ahnung, woher diese letzte Assoziation kam, wenn man bedachte, dass wir uns bis vor wenigen Tagen noch beinahe an die Gurgel gegangen waren.

»Wir sollten beide wohl langsam wieder schlafen gehen, oder?«

Ich musste schmunzeln. Sonderlich überzeugt klang er nicht.

»Das sollten wir wohl.« Auch ich war noch nicht bereit, ihn schon gehen zu lassen.

»Versprich mir, dass du mich weckst, wenn irgendetwas ist. Ganz egal, was, okay?« Ich nickte, hielt meine Augen aber noch immer geschlossen. Ich versuchte, dieses Gefühl, das ich gerade ganz tief in mir spürte, festzuhalten. Erst sein leises Lachen, welches seinen Brustkorb zum Vibrieren brachte, und eine warme Hand an meiner Wange ließen mich aufsehen. Seine grünen Augen verschlugen mir jedes Mal aufs Neue beinahe den Atem.

»Ich begleite dich noch ein Stück.« Grinsend löste er sich von mir und schob mich sanft voran. Am liebsten hätte ich lautstark protestiert. Sascha ging mit mir bis vor die Tür des Gästezimmers, erst dann nahm er seine Hand von meinem Rücken. Sofort vermisste ich seine Berührung, gab mir innerlich jedoch eine Ohrfeige. Reiß dich zusammen!, schalt ich mich unhörbar. Unschlüssig standen wir beide vor der Tür.

»Also«, begann er.

»Also«, wiederholte ich, bevor wir in ein unangenehmes Schweigen verfielen. Irgendwann räusperte er sich und sah sich im Wohnzimmer um.

»Soll ich dich morgen wecken, bevor ich zur Arbeit gehe?« Dankbar für den Themenwechsel atmete ich auf.

»Ja, bitte. Ich möchte in meine Hütte und an meinem Buch arbeiten. Ich denke, ein wenig Ablenkung wird mir ganz guttun.« Sonderlich begeistert schien er von meinem Plan nicht zu sein, aber schließlich nickte er.

»Okay, aber ich komme mit und sehe mich vorher um, ob auch alles in Ordnung ist.« Diesmal war es an mir zu nicken.

»Na gut. Dann … lasse ich dich jetzt schlafen«, meinte er und wieder nickte ich nur.

»Gute Nacht, Anni.« Nach diesem Satz hatte er es plötzlich viel zu eilig, von mir wegzukommen. Verwirrt sah ich ihm hinterher, als er in sein Schlafzimmer am anderen Ende des Flurs verschwand.

»Gute Nacht, Sascha. Danke für alles«, flüsterte ich in die Stille des Hauses hinein. Dann begab ich mich in mein vorübergehendes Zimmer und kuschelte mich in die Decken. Doch an Schlaf war nach den letzten Minuten absolut nicht mehr zu denken.

Um fünf Uhr früh hielt ich es nicht mehr im Bett aus. So leise wie möglich zog ich mich an und schlich in die Küche. Ich sah mir Saschas Dienstplan an, der an einer Pinnwand hing, und stellte fest, dass er um sieben Uhr Dienstbeginn hatte. Grob überschlug ich, wie lange er wohl für alles brauchen würde, und beschloss, bereits jetzt das Frühstück herzurichten. Ich deckte den kleinen Tisch für zwei. Holte Marmelade, Wurst und Butter aus dem Kühlschrank und suchte geschlagene fünf Minuten das Brot. Gerade, als ich überlegte, ob Sascha lieber ein weiches Ei oder eine Eierspeise hätte, hörte ich Schritte im Flur.

»Anni? Guten Morgen. Was machst du denn schon so früh hier?«, fragte er als sein Blick auf den gedeckten Küchentisch fiel.

»Guten Morgen. Ich … also ich wollte mich bei dir bedanken. Dafür, dass du mich hier übernachten lässt und überhaupt so viel für mich machst. Darum, ähm … Frühstück?« Für dieses Gestammel hätte ich mir am liebsten selbst eine verpasst!

»Das mache ich gerne, dafür musst du dich doch nicht bedanken«, erwiderte er lächelnd und meine Knie wurden weich.

»D-doch, muss ich. Also, hättest du lieber ein weiches Ei, eine Eierspeise oder ein Omelette? Oder lieber gar kein Ei? Und trinkst du lieber Kaffee oder Tee? Oder nur Wasser? Was kann ich dir …« Von einem Ohr bis zum anderen grinsend schob mich Sascha sanft an meinen Schultern zurück, bis ich den Sessel des Küchentischs in meinen Kniekehlen fühlte. Schon wurde ich darauf platziert und er begann, am Herd herumzuwerken.

»Was möchtest du denn gerne frühstücken? Ein weiches Ei, Eierspeise, Omelette, Kaffee, Tee, Wasser?«, zählte er grinsend meine Liste erneut auf.

»Haha, sehr witzig. Ich wollte doch dir Frühstück machen! Immerhin hast du durch mich diese ganzen Umstände, und …«

»Anni«, unterbrach er mich und hockte sich vor mich hin. Ein wenig sprachlos beobachtete ich ihn dabei, wie er mir eine Haarsträhne hinters Ohr strich.

»Du machst mir keine Umstände, okay? Ich mag es sogar ganz gerne, dass du hier bist«, sprach er sanft und fing meinen Blick mit seinem ein.

Ich fühlte Hitze in meine Wangen steigen und einen wohligen Schauer über meinen Körper rieseln.

»Und ich mache das Frühstück, weil du dich schonen sollst. Hast du schon vergessen, was Tina dir gestern erst gesagt hat? Du solltest wirklich auf sie hören. Sie weiß, was sie tut.« Vorbei war der schöne Schauer. Die Erwähnung ihres Namens wirkte wie ein Kübel Eiswasser, der über mir ausgeschüttet worden war. War ich doch erst gestern Abend selbst Zeugin davon geworden, wie innig die beiden miteinander umgingen. Wie hatte ich das nur so schnell vergessen können? Ich schob es auf den Schlafmangel der letzten Tage, dass ich mich trotz dessen zu dieser nächtlichen …

Ja, was war das eigentlich gewesen? Wir hatten uns nicht geküsst. Wir hatten uns eigentlich nur umarmt, aber irgendwie war es noch so viel mehr gewesen. Beinahe schon intim. Ja, so konnte man es beschreiben.

Eine nächtliche Intimität. Nein. Das klang auch irgendwie falsch. Dann würde es einfach »die Sache« heißen. Ja, damit konnte ich leben.

»Anni?« Blinzelnd fokussierte ich mich wieder auf den Mann vor mir. Besorgt musterte er mich von oben bis unten. »Alles in Ordnung? Du warst plötzlich so abwesend.«

»Ja, ja, mir geht es gut. Keine Sorge. Mir ist gerade nur etwas eingefallen«, murmelte ich und vermied Augenkontakt mit ihm. Wenn er und Tina sich gut verstanden oder da sogar mehr war, würde ich sicher nicht dazwischenfunken. »Bist du sicher? Nicht, dass du doch eine Gehirnerschütterung hast. Du solltest heute wirklich besser hierbleiben und nicht schreiben. Du weißt doch, Tina hat gesagt, keine Bildschirme und nichts Anstrengendes.« Immer fester biss ich meine Zähne zusammen.

»Es geht mir gut. Und ich muss heute in die Hütte. Meine Verlegerin kommt und wir besprechen die letzte Version meines Manuskripts. Genau genommen schreibe ich also gar nicht, es sind keine Bildschirme involviert und allein bin ich auch nicht. Also, habe ich nun die Erlaubnis, dein Haus zu verlassen, Herr Polizist?«, gab ich schnippischer zurück, als ich wollte, doch ich konnte einfach nicht anders. Das Gefühl seiner Hände an meiner Taille und wie seine Finger über meinen Nacken gestreichelt hatten, war noch zu präsent, um nun schon zum zweiten Mal innerhalb weniger Minuten ihren Namen aus seinem Mund zu hören. Sascha presste die Lippen fest zusammen und nickte. Wortlos stand er auf, nahm sich zwei Eier und eine Pfanne. Ein paar Minuten später, die von schwerem Schweigen geprägt waren, stellte er mir eine Hälfte vor die Nase.

»Danke, aber ich habe keinen …«

»Doch, Anni. Du isst jetzt auch endlich etwas. Keine Widerrede. Andreas hat mir schon erzählt, dass du in den letzten Wochen immer weniger gegessen hast. Also bitte, frühstücke in Ruhe mit mir. Dann bringe ich dich zu deiner Hütte, sehe mich um, ob alles in Ordnung ist, und nach meiner Schicht hole ich dich wieder ab. Okay?« Mit jedem Wort wurde er sanfter und schließlich lächelte er mich wieder ein wenig an. Mir wollte das jedoch nicht mehr so recht gelingen. Noch immer spukten die Bilder von Saschas und Tinas Verabschiedung, und was da vielleicht sonst noch zwischen den beiden lief, in meinem Kopf herum. Daher erwiderte ich nur ein leises

»Okay«, bevor ich mich auf meinen Teller vor mir konzentrierte und jeden weiteren Augenkontakt vermied.

Als wir wenig später endlich bei meiner Hütte ankamen, bat Sascha mich, draußen zu warten. Während er durch die Tür ins Innere verschwand, wurde mir mulmig zumute. Was, wenn dieser Irre dort drinnen auf mich wartete und Sascha etwas passierte? Nervös kaute ich an meiner Unterlippe, bis ich es schließlich nicht mehr aushielt. So groß war meine Hütte immerhin nicht. Er hätte schon längst wieder draußen sein müssen! Außerdem vernahm ich kein einziges Geräusch. Ohne weiter nachzudenken, riss ich die Tür auf, wollte hineinstürmen, prallte jedoch gegen Sascha und landete auf dem gefrorenen, harten Boden.

Ich schnappte nach Luft und unterdrückte einen Schmerzensschrei. Am Ende des Tages würde ich wohl kein Stückchen Haut mehr haben, das nicht von blauen Flecken übersät war.

»Anni!« Ich sah Sascha über mir knien, nachdem ich mich zwang, meine Augen ein paar Millimeter zu öffnen.

»Scheiße! Alles in Ordnung? Warum hast du denn so dicht vor der Tür gestanden?«, fragte er mich hektisch, während er mich von oben bis unten musterte. Langsam bekam ich wieder Luft und schaffte es, ein paar Worte von mir zu geben.

»Ich habe … Autsch! … nichts von dir gehört und so groß … ist meine Hütte ja wohl nicht.« Vorsichtig setzte ich mich auf. Sascha half mir dabei.

»Was hast du denn da drinnen bitte gemacht? Däumchen gedreht?«, blaffte ich ihn ein wenig an, hielt mir jedoch augenblicklich die Seite. Verdammt, tat das weh! Ich griff nach Saschas Hand.

»Ich wollte doch nur sichergehen, dass wirklich nichts und niemand da drin ist! Da bin ich lieber gründlich und brauche auch schon mal zwei Minuten länger, als es dir gepasst hätte. Jetzt hör auf, hier herumzublaffen und verfrachte deinen hübschen Arsch auf die Couch!« Mit großen Augen hielt ich in meiner Bewegung inne.

»Hast du gerade?« An seinem Blick konnte ich genau sehen, dass ihm sein Ausrutscher gerade selbst aufgefallen war.

»Nein, habe ich sicher nicht! Und jetzt vorwärts, du Tollpatsch, bevor du die nächste Bruchlandung hinlegst!« So schnell es eben ging schob mich Sascha voran und platzierte mich auf die Couch. Beinahe schon hastig stellte er mir einen vollen Wasserkrug mit einem Glas vor die Nase. Ein letztes Mal sah er sich um und fuhr sich fahrig durch seine blonden Haare.

»So, und jetzt bewegst du dich nicht mehr vom Fleck, bis ich dich heute Abend abholen komme, verstanden? Keine Bildschirme, und dein Handy ist nur erlaubt, um Andreas oder mich anzurufen, wenn etwas nicht stimmt.

So, und nun wünsche ich dir einen schönen Tag und versuche bitte, dir nicht noch mehr wehzutun.« Mit diesen Worten drehte er um und war schon halb zu Tür draußen, als ich ihm hinterherrief:

»Dir auch einen schönen Tag, Schnösel! Und das mit dem hübschen Arsch werden wir noch ausführlich besprechen!« In Saschas Gesicht sah ich ganz deutlich ein Grinsen, als er nochmals einen Blick zu mir warf, bevor er die Tür schloss. Auch meine Mundwinkel zeigten nach oben. Vielleicht war er doch nicht so sehr an Tina interessiert, wie ich dachte?

KAPITEL 14

Sascha

Die folgenden Tage liefen immer gleich ab. Anni schlief weiterhin in meinem Gästezimmer, was mich wiederum nicht sonderlich gut schlafen ließ. In der Früh diskutierten wir jeden Tag, wer das Frühstück machte und danach brachte ich sie in ihre Hütte. Obwohl sie noch nicht schreiben durfte, verbrachte sie doch lieber dort den Tag als allein in einem fremden Haus. Das konnte ich nachvollziehen, also checkte ich zuvor immer, ob in der Hütte alles in Ordnung war und ging danach zur Wache. Aufgrund der Vorkommnisse bei Anni hatten Andreas und ich mit einigen Kolleginnen und Kollegen getauscht und die Tagschicht übernommen. Uns war beiden nicht wohl bei dem Gedanken, Anni in der Nacht allein zu lassen. Auch Sandra konnte uns dabei nicht immer helfen, da ihre Dienste sehr unterschiedlich ausfielen.

Jeden Abend holte ich Anni also wieder von ihrer Hütte ab. Wir kochten oder bestellten uns etwas bei mir zu Hause, sahen uns gemeinsam einen Film an und gingen danach schlafen.

So auch heute Abend. Wir waren gerade auf dem Weg zu meinem Haus, als sie wie angewurzelt stehenblieb. Sie starrte auf die Eingangstür und begann unruhig zu atmen. Alarmiert folgte ich ihrem Blick. In der Holztür meines Hauses steckte ein Messer, das einen Brief durchbohrte. Fluchend zog ich mir meine Diensthandschuhe an und trat näher. Das Messer war eindeutig ein Jagdmesser für die Großwildjagd, also nicht gerade klein und stumpf.

Mit einem kräftigen Ruck zog ich es heraus und nahm den Briefumschlag an mich.

»Sascha?« Annis verängstigte Stimme drang an mein Ohr und ich wandte mich zu ihr um. Das Messer legte ich beiseite, so, dass es nicht beschmutzt wurde. Ich würde es auf Fingerabdrücke untersuchen lassen. Ich wollte endlich wissen, wer hinter all dem steckte! Denn trotz intensiver Suche und Recherche hatten Andreas, Sandra und ich noch keinen ihrer Ex-Freunde, der dafür in Frage käme, ausfindig machen können.

»Was ist in dem Umschlag?«, fragte sie. Ich zuckte mit den Schultern.

»Soll ich ihn öffnen?« Unsicher sah sie sich um. »Vielleicht gehen wir lieber hinein?« Zustimmend nickte ich, ging jedoch voran und sah mich um.

»Alles okay, du kannst reinkommen.« Ich legte das Messer auf der sauberen Küchentheke ab. Schnell fischte ich einen Plastikgefrierbeutel aus einer der Schubladen, und verstaute es darin. Anni wollte gerade nach dem Brief, den ich daneben hingelegt hatte, greifen, als ich ihr Handgelenk umfing.

»Warte. Ich werde ihn öffnen. Ich trage Handschuhe. Sonst vernichten wir vielleicht verwertbare Spuren«, erklärte ich. Eilig nickte sie und stand unruhig, von einem Fuß auf den anderen tretend, neben mir, als ich den Umschlag öffnete und ein weißes Blatt herauszog. Ich faltete es auseinander und begann, über einzeln ausgeschnittene und aufgeklebte Zeilen zu lesen.

Du hast versprochen, mich nie zu verlassen, und doch bist du nun fort.

Eine Frau braucht keinen Mann, sie braucht einen Seelenpartner.

Sag mir, wer das getan hat, und ich werde ihn finden und zur Strecke bringen.

Nicht alles kann vergeben und vergessen werden. Blutrote Rache ist die einzige Vergebung, die ich kenne.

Die Zeilen kamen mir bekannt vor, doch offenbar nicht nur mir.

»Oh mein Gott!«, keuchte Anni auf und krallte sich an meinem Arm fest.

»Diese Zeilen, sie stammen aus …«

»Aus deinen Büchern!«, fiel es auch mir wie Schuppen von den Augen.

»Ja! Der hier ist aus *Nothing More*, der aus *Nothing Else*, dieser hier aus *Red Light* und der …« Sie stockte und wurde kreidebleich.

»Was ist los? Woher stammt der letzte Satz, Anni?« Hastig, beinahe über ihre eigenen Füße stolpernd, lief sie zu ihrer Tasche und durchwühlte sie. Ich folgte ihr, ein ungutes Gefühl im Bauch.

»Hier!«, rief sie und drückte mir ein beschriebenes Blatt aus ihrem Manuskript gegen die Brust. Schnell überflog ich die Zeilen, bis ich zu demselben Satz gelangte, der auch in dem Brief stand.

»Aber? Wie ist das möglich? Die einzigen, die das Manuskript haben, sind meine Verlegerin, meine Lektorin und ich!« Anni begann, immer schneller zu atmen und fuhr sich fahrig durch die Haare. Ich legte den Brief und die Manuskriptseite auf dem schmalen Vorzimmertisch ab, zog meine Handschuhe aus und packte sie sanft an den Oberarmen. Eindringlich sah ich in ihre wunderschönen blauen Augen.

»Hey, Tollpatsch, ganz ruhig. Wir werden schon herausfinden, wer für all das verantwortlich ist, versprochen!

Und solange bin ich hier und passe auf dich auf. In Ordnung?« Unsicher sah sie mir entgegen. Sachte legte ich meine Hände an ihre Wangen.

»Ich bin da«, flüsterte ich, mich an ihre Worte von vor wenigen Nächten erinnernd. Mir hatte sie mit diesen drei Worten mehr geholfen, als ihr vermutlich bewusst gewesen war. Ich hoffte, nun dieselbe Wirkung auf sie zu haben.

»Ich bin da«, wiederholte ich immer wieder, während ich meine Stirn an ihre lehnte. Sie schloss die Augen. Halt suchend legte sie ihre Finger um meine Handgelenke. Ein leises Schluchzen entwich ihr. Ebenso ein paar Tränen, die über ihre Wangen rollten. Eine gefühlte Ewigkeit, und doch viel zu kurz, standen wir so beieinander. Meine Daumen strichen beruhigend über ihre Wangen und fingen die stummen Tränen auf.

»Warum passiert das alles ausgerechnet mir? Warum jetzt?«, flüsterte sie verzweifelt in die Stille hinein. Sie so ängstlich zu sehen, versetzte mir einen Stich. Ich zog sie vollends an mich heran und schloss meine Arme um sie. Ohne Zögern tat sie es mir gleich. Mein Kinn ruhte auf ihrem Scheitel und ich wiegte sie sanft hin und her.

»Ich weiß es nicht, Tollpatsch. Ich weiß es leider nicht.«

Ein paar Stunden später war Anni endlich vollkommen erschöpft eingeschlafen. Ich hatte uns das übrig gebliebene Essen von gestern aufgewärmt, doch sie hatte nur wenige Bissen gegessen. Auch der Film, den sie sich ausgesucht hatte, schien sie nicht zu beruhigen. Erst, als ich einen Polster seitlich gegen meine Beine lehnte und sie dazu überredete, sich hinzulegen, hörte sie auf, ständig herumzurücken. Die ganze Zeit strich ich über ihre Seite, in der Hoffnung, sie so ein wenig zu entspannen.

Um kurz vor Mitternacht schien mir das endlich gelungen zu sein. Sie atmete schon eine ganze Weile gleichmäßig aus und ein und ihre Augen waren geschlossen. Als ich mir sicher war, dass sie nicht so schnell aufwachen würde, stand ich vorsichtig auf und ging auf leisen Sohlen in mein Schlafzimmer. Die Tür ließ ich offen, damit ich hörte, falls etwas passierte. Ich befreite mich von meinen Arbeitsklamotten, sprang schnell für eine Katzenwäsche unter die Dusche und stand innerhalb von fünf Minuten in Jogginghose und T-Shirt wieder im Flur.

Ein Blick ins Wohnzimmer bestätigte mir, dass Anni noch immer schlief. Sehr gut, sie sollte sich ausruhen. So stark sie auch bei unserer ersten Begegnung gewirkt hatte, nun hatte ich das Gefühl, sie zerbrach von Tag zu Tag, von Vorfall zu Vorfall mehr und ich konnte nur danebenstehen und zusehen.

Dieses Gefühl der Machtlosigkeit hatte ich schon einmal gehabt und wollte es nie wieder erleben.

Eilig, noch bevor meine Gedanken in diese dunkle Hölle abgleiten konnten, schüttelte ich den Kopf. Nach einem letzten Blick zu Anni ging ich wieder in mein Schlafzimmer. Aus einem meiner verschließbaren Kästen holte ich die Mappe hervor, in der Andreas, Sandra und ich alle wichtigen Informationen zu diesem Fall gesammelt hatten. Natürlich hatten wir bereits Annis Aussage aufgenommen, doch ohne irgendwelche Hinweise konnten wir offiziell nichts tun. Daher suchten wir auf eigene Faust weiter. Ich setzte mich auf mein Bett und begann zum bestimmt hundertsten Mal alles durchzugehen, was wir wussten. Aber ich kam immer wieder zu demselben Schluss. Es musste dieser Marcus gewesen sein. Auch diese seltsamen Zeilen deuteten darauf hin.

Wenn ich nur herausfinden könnte, warum er erst jetzt hier auftauchte und nicht schon früher. Erneut nahm ich den Brief zur Hand, der ebenfalls in einem Plastikbeutel verstaut war.

Du hast versprochen, mich nie zu verlassen, und doch bist du nun fort.

Wenn sie ihm das wirklich nach nur ein paar Tagen versprochen hatte, dann musste der Typ ein größerer Charmebolzen gewesen sein, als ich dachte!

Eine Frau braucht keinen Mann, sie braucht einen Seelenpartner. Aber dieser Kerl war ganz sicher nicht Annis Seelengefährte! Nur bei dem Gedanken daran wurde mir schon schlecht!

Sag mir, wer das getan hat und ich werde ihn finden und zur Strecke bringen. Wer hatte ihr etwas angetan? Wen wollte er zur Strecke bringen? Der Einzige, der ihr etwas getan hatte, war dieser Marcus selbst gewesen!

Nicht alles kann vergeben und vergessen werden. Blutrote Rache ist die einzige Vergebung, die ich kenne.

Der letzte Satz ließ mich jedes Mal wieder aufs Neue schlucken. Er machte mir Angst. Als Polizist war ich es gewohnt Drohungen zu hören und Blut zu sehen. Doch, wenn ich mir vorstellte, dass Anni auch nur annähernd etwas Ähnliches passieren könnte, wie den Frauen, die ich im Laufe meiner Karriere schon gesehen hatte, erstarrte ich.

Ihr durfte so etwas nicht passieren. Ihr durfte absolut gar nichts passieren! Noch einmal würde ich das nicht schaffen.

KAPITEL 15

Anni

Heftig keuchend schreckte ich aus einem Albtraum auf. Verwirrt blickte ich mich um. Ich hatte das Gefühl, beobachtet zu werden, doch es war so dunkel um mich herum, dass ich die Hand vor den Augen kaum sah. Nur ein schwacher Lichtschein, zwei Zimmer weiter, erhellte den vordersten Teil des Wohnzimmers. Ich wusste, dass ich bei Sascha war. Wir hatten zusammen einen Film gesehen. Dabei musste ich wohl eingeschlafen sein. Diese Erkenntnis hatte mein rasendes Herz gerade beruhigt, als ich plötzlich aus dem Augenwinkel eine Bewegung wahrnahm. Blitzschnell wandte ich mich zum Fenster. Doch da war nichts. Unruhig überlegte ich, was ich nun tun konnte.

»Sascha?«, rief ich zögerlich in das dunkle Haus hinein, erhielt jedoch keine Antwort. Leise schlich ich mich zu seinem Zimmer, aus dem das blaue Licht eines Laptops oder Fernsehers fiel.

»Bist du noch wach?« Wieder erhielt ich keine Antwort. Mit klopfendem Herzen schob ich die Tür ganz auf und trat ein. Er saß mit dem Rücken zu mir vor seinem Schreibtisch, der eingeschaltete Laptop vor ihm.

»Sascha?«, fragte ich ein letztes Mal, aber auch jetzt erhielt ich keine Reaktion. Vielleicht schlief er? Vorsichtig legte ich eine Hand auf die Lehne seines Schreibtischsessels und drehte ihn zu mir um. Ein markerschütternder Schrei hallte durch die Wohnung, als ich in sein blasses Gesicht blickte. Seine Augen starrten mich an, kalt und tot.

Ein weiterer Schrei folgte, als ich das blutgetränkte T-Shirt und die klaffende Wunde an seinem Hals entdeckte.

Er war tot!

Und ich war schuld!

Ein Schmerz, wie ich ihn zuvor noch nie erlebt hatte, durchfuhr meinen ganzen Körper. Ein Schrei, so verzweifelt, dass er Tote auferstehen lassen könnte, verließ meine Kehle. Ich atmete keuchend aus und ein, versuchte an dem nächstbesten Gegenstand Halt zu finden, vernahm aber nur das laute Klirren von zerbrechendem Glas. Tränen strömten über meine Wangen und verschleierten meinen Blick. Ich bekam keine Luft. Es fühlte sich an, als würde ich ersticken! Panik ergriff mich von Kopf bis Fuß.

Plötzlich wurde es hell um mich herum.

»Anni!« Eine mir sehr bekannte Stimme rief mehrmals nach mir. Starke Arme umfingen mich und drückten mich an eine warme Brust. Ich hörte das schnelle Schlagen des Herzens, das darunter lag, und klammerte mich hilflos an ein Tshirt. »Schsch. Es ist alles gut. Ich bin da, Anni. Dir kann nichts passieren. Schsch.« Wie ein Mantra wiederholte er diese Worte immer wieder. Er strich mir sanft übers Haar und wiegte mich wie ein Kind auf seinem Schoß. Nach einer gefühlten Ewigkeit, noch immer gebeutelt von den Bildern und nach Atem ringend, brachte ich endlich ein Wort heraus. »Sascha«, flüsterte ich und brach erneut in Tränen aus. »Ich bin hier, Anni. Es ist alles gut. Es ist alles in Ordnung, Tollpatsch, ich hab dich.« Ängstlich, was mich erwarten würde, sah ich nach oben. Da war kein Blut. Keine Wunde. Keine starren Augen. Nur Sascha. Er lebte. Mir fiel ein Stein vom Herzen.

»Sascha!«, schluchzte ich erleichtert, befreite mich aus meiner Position und fiel ihm um den Hals.

So fest ich nur konnte klammerte ich mich an ihn, felsenfest dazu entschlossen, ihn nie wieder loszulassen. Er hielt mich ebenfalls fest und strich beruhigend über meinen Rücken.

»Ich … ich dachte du … und das Blut und …« Jeder weitere Gedanke ließ mich erbeben.

»Versuch, tief und gleichmäßig zu atmen, Anni. Bitte, versuch es für mich! Es macht mir Angst, dich so zu sehen. Atme mit mir, Süße«, flüsterte er an meinem Ohr und ich nickte. Die nächsten Minuten gab ich mir die größte Mühe, auf seine Atmung zu achten und sie zu imitieren. Mit jedem tiefen Atemzug entspannte nicht nur ich mich, sondern auch er. Wir saßen noch eine ganze Weile eng umschlungen da, nicht bereit, den jeweils anderen loszulassen. Seine Finger lagen an meinem Nacken und malten Kreise darauf.

»Möchtest du mir erzählen, was dich so erschreckt hat?«, fragte er leise, doch ich schüttelte den Kopf. »Okay, das ist okay. Möchtest du dich in dein Bett legen und versuchen, noch etwas zu schlafen?« Wieder schüttelte ich den Kopf und verstärkte meine Umarmung. Der Gedanke, allein in einem dunklen Raum zu liegen und jedes Mal sein lebloses Gesicht zu sehen, wenn ich meine Augen schloss, ließ mich erneut zittern.

»Okay. Ist gut, Tollpatsch. Ich lasse dich nicht allein, versprochen.« Dankbar vergrub ich meine Nase noch tiefer in seiner Halsbeuge und atmete den Duft nach Duschgel und ihm selbst ein. Eine weitere Minute verging schweigend, bevor seine Hände von meinem Nacken und Rücken zu meinen Oberschenkeln glitten. »Schling deine Beine um mich, Tollpatsch«, wisperte er, seine Stimme tief und ein wenig angespannt.

Nicht in der Lage zu protestieren, tat ich wie geheißen. Sascha begann sich zu bewegen, seine Hände lagen noch immer unter meinen Oberschenkeln.

Zusammen mit mir erhob er sich ohne einen Mucks und ging in Richtung Flur. Mein Herzschlag beschleunigte sich. Er würde mich doch nicht trotzdem allein im Gästezimmer zurücklassen, oder? Er hatte doch versprochen …

Wir gingen an der Tür zu meinem Zimmer vorbei. Stirnrunzelnd beobachtete ich, wie wir auch die Küche und das Bad hinter uns ließen.
Als mir klar wurde, wohin er mit mich trug riss ich die Augen auf und mein Herz fühlte sich an, als würde ich einen Marathon laufen. In seinem Schlafzimmer angekommen knipste er eine der Nachttischlampen an, bevor er mit sanftem Druck meine Beine von seiner Hüfte löste. Erst, als meine Füße den Boden berührten, ließ er seine Hände hinauf wandern.
Jedes zarte Streichen über meine Hüfte, meinen Brustkorb bis hinauf zu meinen Armen schickte einen wohligen Schauer durch meinen Körper. In diesem Moment wünschte ich mir, nicht die langen Leggings und den Kapuzenpullover zu tragen. Ich wünschte mir, seine Berührungen direkt auf meiner Haut zu spüren. Denn wenn er bereits durch mehrere Lagen Stoff diese Reaktion in mir hervorrufen konnte, wie würde es sich dann wohl bei direktem Hautkontakt anfühlen?

Währenddessen ließ er mich keine Sekunde lang aus den Augen, und auch ich war wie gebannt von seinem Blick. Seine Finger fanden meine Handgelenke und zogen sie sanft von seinem Hals.

»Du bleibst heute Nacht bei mir«, murmelte er mit tiefer Stimme, während seine Hände meine umschlossen hielten. Zustimmend nickte ich. Er bedeutete mir voranzugehen. Ich kletterte in sein hohes Boxspringbett und schlüpfte unter die große Decke.

Er tat es mir gleich und wenig später lagen wir auf den Kissen, unsere Gesichter einander zugewandt. Keiner von uns sprach ein Wort. Wir berührten uns nicht. Wir genossen einfach nur die Stille. Mit seinem Blick erforschte er jedes noch so kleine Detail in meinem Gesicht und ein leichtes Lächeln umspielte seine Lippen. Ich runzelte die Stirn.

»Was ist?«, fragte ich leise nach und er schüttelte amüsiert den Kopf.

»Vor ein paar Wochen haben wir es noch nicht einmal fünf Minuten in einem Raum ausgehalten ohne uns zu streiten. Und jetzt liegst du in meinem Bett.« Ich verzog den Mund und das erste echte Kichern seit Stunden kam mir über die Lippen.

»Das klingt so falsch, wenn du das so sagst!« Auch er lachte leise und stimmte mir zu. »Aber es fühlt sich nicht falsch an, oder?«, fragte er und strich mir eine Haarsträhne aus dem Gesicht. Ich hielt bei seiner Berührung den Atem an.

»Nein«, hauchte ich. »Nein, es fühlt sich sogar sehr richtig an.« Er nickte und ich bemerkte, dass er zögerte, seine Hand wieder zurückzuziehen. Da ich mich bei ihm sicher fühlte und mich die Bilder meines Albtraums noch immer verfolgten, nahm ich ihm kurzerhand sämtliche Entscheidungen ab. Ich hob die Decke, unter der wir beide lagen, an und rutschte zu ihm herüber.

Überrascht sah er mich an, doch als ich meinen Kopf auf seinem Arm und mein Gesicht an seiner Brust bettete, entspannte er sich. Sein anderer Arm legte sich um mich und zeichnete erneut Kreise in meinem Nacken. Mit einem letzten tiefen Atemzug fielen mir die Augen langsam zu.

»Danke, Sascha«, flüsterte ich noch, ehe ich ins Land der Träume abdriftete. Das letzte, was ich glaubte mitzubekommen, waren seine Lippen an meiner Stirn und ein gemurmeltes »Für dich immer«.

KAPITEL 16

Sascha

»Ha! Ich hab's doch gewusst! Von wegen, da läuft nichts! Mich könnt ihr nicht so leicht reinlegen!« Vollkommen überrumpelt setzte ich mich in meinem Bett auf und blinzelte gegen das hereinfallende Sonnenlicht an.

»Was zum Teufel?«, grummelte ich, bis ich Andreas bemerkte, der, von einem Ohr zum anderen grinsend, neben meinem Bett stand. Stöhnend ließ ich mich wieder auf mein Kissen fallen und schloss die Augen.

»Was soll das denn, du Idiot? Wie bist du hier reingekommen?«

»Na mit dem Ersatzschlüssel, den du mir gegeben hast. Schon vergessen? Aber versuch erst gar nicht abzulenken, Kumpel! Vor nicht einmal einer Woche hast du mir erklärt, du könntest Anni nicht leiden, und dass da ganz sicher nichts zwischen euch laufen würde. Und jetzt? Jetzt lässt du sie bei dir wohnen und ihr schlaft auch noch im selben Bett? Hast du wirklich geglaubt, du könntest mich veräppeln?« Scheiße! Anni! Erneut setzte ich mich wie vom Donner gerührt auf und sah mich hektisch um.

»Wo ist sie?« Andreas beobachtete mich amüsiert.

»Sie ist auf einmal ganz schnell aus *deinem* Bett gehopst und in *ihr* Zimmer verschwunden, als wir hereingekommen sind«, erklärte er. Brummend stand ich ebenfalls auf und machte mich auf den Weg ins Badezimmer. Der Morgen hätte so schön werden können. Musste Andreas denn unbedingt auftauchen?

Ich nahm mir ein paar Minuten, um mich zu sammeln, bevor ich mich anzog und zu meinem ungebetenen Besuch ins Wohnzimmer ging. Und zu Anni. Bei dem Gedanken an sie und die letzte Nacht musste ich unwillkürlich lächeln. Zuerst hatte sie mir eine Heiden Angst eingejagt. Als mich ihr Schrei und das Klirren von Glas aus dem Schlaf rissen, befürchtete ich das Schlimmste. Doch auch der Zustand, in dem ich sie dann vorgefunden hatte, war ebenso schwer mitanzusehen gewesen. Ich hoffte sehr, sie würde mir noch erzählen, welcher Albtraum sie so erschreckt hatte. Hatte ich ihr darin etwas angetan? Sie hatte doch etwas von mir und von Blut gestammelt.

Mein Gott, ich hoffte nicht! Auch, wenn ich nichts dafürkonnte, was sie träumte, würde ich mich schuldig fühlen. Was, wenn sie nun Angst vor mir hatte? Nein, sonst hätte sie sich vermutlich nicht an mich geklammert, geschweige denn, an mich gekuschelt im selben Bett geschlafen, oder? Und dann musste uns ausgerechnet Andreas zusammen sehen! Schlechter hätte es gar nicht laufen können. Noch immer unsicher, wie sie auf mich reagieren würde, betrat ich das Wohnzimmer.

Sandra, Anni und Andreas saßen jeder mit einer Tasse Kaffee in der Hand auf meiner Couch. »Guten Morgen«, murmelte ich leise und warf vorsichtig einen Blick in Annis Richtung.

»Morgen«, murmelte sie ebenfalls. Auch sie sah unsicher zu mir und eine leichte Röte legte sich auf ihre Wangen. Ich war also nicht der Einzige, der nicht wusste, wie er sich nach der letzten Nacht verhalten sollte. Dieser Gedanke beruhigte mich etwas. Und immerhin sah sie nicht so aus, als hätte sie Angst vor mir.

»Guten Morgen«, begrüßte mich nun auch Sandra. Andreas grinste noch immer von einem Ohr zum anderen und setzte gerade wieder zu einer, wie ich annahm, dämlichen Aussage an, als Sandra ihm ungeniert den Mund zuhielt.

»Wir sind eigentlich nur vorbeigekommen, um zu sehen, wie es euch so geht«, erklärte sie, behielt ihre Hand allerdings weiterhin über Andreas Mund. Anni seufzte und ließ sich weiter in die Pölster sinken.

»Tja, wo sollen wir anfangen?«, fragte sie und sah mich hilfesuchend an. Ebenfalls tief Luft holend ließ ich mich auf den Fernsehsessel fallen.

»Die Woche verlief so weit ereignislos. Keine Spur von dem Kerl.
Bis gestern«, erzählte ich.

»Was war denn gestern los? War er etwa hier drinnen? Ist hier deshalb überall zersplittertes Glas gelegen?« Sandra blickte zwischen uns hin und her, und auch Andreas schien das Lachen vergangen zu sein. Sachte zog er die Hand seiner Freundin weg und sah uns ernst an.

»Was ist passiert?« Anni warf mir einen Blick zu, bei dem ich sie am liebsten in meine Arme geschlossen und nicht mehr losgelassen hätte. Mit größter Anstrengung widerstand ich dem Drang und fuhr mir frustriert durch die blonden Haare.

»Als wir gestern Abend nach Hause gekommen sind, steckten ein Messer und ein Brief in der Haustür.« Die Augen unserer Freunde weiteten sich, doch dann kamen die routinierten Polizisten in ihnen zum Vorschein. »Habt ihr das Messer angefasst?«

»Was ist mit dem Brief? Stand irgendetwas darin, das auf den Täter hindeutet?« »Habt ihr ihn schon untersuchen lassen?« Ich beantwortete eine Frage nach der anderen. Anni saß die ganze Zeit stumm da und starrte in ihren Kaffee.

»Wo sind das Messer und der Brief jetzt?«, fragte Sandra. Ich deutete hinter mich auf mein Schlafzimmer.

»Auf meinem Schreibtisch, der Brief ebenso. Ihr könnt ihn euch anschauen gehen. Vielleicht fällt euch beiden ja etwas auf«, meinte ich, war mir jedoch sicher, dass sie nichts finden würden. Ich wollte sie nur für ein paar Minuten aus dem Raum haben, damit ich mich ungestört um Anni kümmern konnte. Kaum waren die beiden in meinem Zimmer verschwunden, hockte ich mich vor Anni.

»Hey, geht es dir gut?«, fragte ich leise und strich über ihr Knie. Sie sah mich an und zuckte mit den Schultern.

»Ich weiß nicht. Das ist alles gerade so viel auf einmal. Zuerst diese ganzen Unfälle, dann das Messer und der Brief, der Albtraum, du, Andreas und Sandra …« Seufzend stellte sie ihr Häferl auf dem Couchtisch ab und vergrub das Gesicht in den Händen.

»Ich fühle mich einfach so hilflos, Sascha! Alles, was ich tun kann, ist warten, bis dieser Irre seine nächste Idee in die Tat umsetzt! Ich … ach Scheiße! Was ist, wenn einem von euch etwas meinetwegen passiert? Das könnte ich mir nie verzeihen!«

»Hey«, sagte ich sanft und zog ihre Hände von ihrem Gesicht weg.

»Uns wird nichts passieren. Und dir auch nicht! Dafür werden wir alle gemeinsam sorgen, Anni. Bitte, hör auf ‚dir solche… Sorgen zu machen!« Behutsam strich ich eine Strähne hinter ihr Ohr.

»Er hat dir die Kehle aufgeschlitzt«, flüsterte sie plötzlich. »Da war so viel Blut und du … du warst … und das alles nur meinetwegen!«, schluchzte sie und verbarg das Gesicht erneut in ihren Händen. Verwirrt strich ich ihr durchs Haar.

»Anni, wovon redest du denn? Ich bin doch hier, mir geht es gut, er ...«

Da dämmerte es mir.

»Dein Albtraum. Deshalb bist du schreiend aufgewacht«, stellte ich fest und sie nickte. Ein Stich durchfuhr mich und mein Magen krampfte sich zusammen.

»Komm her, Tollpatsch«, sagte ich, meine Stimme nicht mehr als ein Flüstern. Ohne Widerworte schlang sie ihre Arme um meinen Hals und ich hielt sie so fest ich konnte.

»Schsch. Es wird alles gut«, wiederholte ich immer wieder, bis sie sich etwas beruhigt hatte. Da hörten wir Andreas' und Sandras Schritte auf uns zukommen. Unfreiwillig ließen wir uns los. Ich nahm wieder in meinem Fernsehsessel Platz und Anni wischte sich schnell die letzte, verräterische Träne aus dem Augenwinkel. Sie sah mich an und formte ein lautloses

»Danke« mit ihren wunderschönen Lippen.

»Also, der Brief klingt wirklich nicht gut. Habt ihr eine Ahnung, woher diese Zeilen stammen?«, fragte Andreas.

»Ja«, erwiderte Anni und räusperte sich einmal. »Aus meinen Büchern. Der erste Satz ist aus *Nothing More,* der zweite aus *Nothin Else,* der dritte aus *Red Light* und der vierte ...« Sie stockte und sah zu mir. »Der vierte ist aus meinem noch unveröffentlichten Manuskript für *Red Flag*.«

»Aber wie sollte der Typ denn da rankommen? Noch dazu sieht der Schnipsel wie aus einem Buch aus, und nicht aus einem Manuskript«, meinte Sandra.

»Das fragen wir uns auch. Aber mein Manuskript ist schon in der letzten Phase vor dem Druck. Das bedeutet, es ist sehr schwer, es in der Formatierung von einem Buch zu unterscheiden.«

»Okay, was können wir tun?« Andreas' Frage hing in der Luft, wurde jedoch nur von langem Schweigen beantwortet. Wir wussten es alle nicht. Keiner hatte auch nur die geringste Idee, wie wir den Kerl finden könnten.

»Das ist doch Unsinn! Hier herumzusitzen und Trübsal zu blasen! Wir machen jetzt folgendes«, erklärte Sandra und deutete auf Anni und mich.

»Ihr zwei macht euch fertig und packt das Nötigste für eine Übernachtung ein. Andi und ich bringen das Messer und den Brief auf die Station und holen euch danach hier ab.«

»Und warum sollen wir etwas für eine Übernachtung einpacken?«, fragte ich verwirrt. »Wir waren eigentlich auf dem Weg, ein Wochenende in Salzburg zu verbringen und wollten vorher nur kurz bei euch vorbeischauen. Aber wer sagt denn, dass ihr nicht mitkommen könnt?«

»Das ist ja wirklich nett von euch, aber ich glaube nicht, dass das gerade die beste Idee ist«, versuchte Anni die Einladung abzulehnen, doch ich musste Sandra zustimmen. Es brachte wirklich nichts, hier herumzusitzen und darauf zu warten, dass etwas passierte. Und außerdem wollte ich Anni endlich wieder lachen sehen.

»Ich finde, das ist eine super Idee. Geht ihr schnell auf die Station, wir machen uns fertig und warten hier auf euch«, sagte ich betont fröhlich und begleitete die beiden zur Tür.

»Alles klar, bis gleich!«, verabschiedeten sie sich und verließen das Haus. Anni wartete mit verschränkten Armen und zweifelndem Blick im Flur.

»Bist du dir sicher, dass das so eine gute Idee ist?« Lächelnd schüttelte ich den Kopf. »Ein Wochenende zusammen mit Andreas verbringen? Vermutlich meine schlechteste Idee seit Jahren! Aber es wird dich ablenken und ein

Tapetenwechsel wird uns allen guttun.

Also los, Tollpatsch. Pack deine Sachen!« Ein leichtes Lächeln schlich sich auf ihre Lippen.

»Danke«, sagte sie, drückte mir blitzschnell einen Kuss auf die Wange und verschwand in ihrem Zimmer. Grinsend wie ein Honigkuchenpferd machte auch ich mich daran, eine Tasche zu packen.

KAPITEL 17

Anni

Ich hatte Salzburg schon immer geliebt! Meine Großeltern waren früher oft mit mir am Wochenende hierhergekommen. Dann spazierten wir durch die Altstadt, gönnten uns einen Kuchen in einer der vielen Bäckereien und besuchten ein Museum. Ich selbst war seit bestimmt vier Jahren nicht mehr in Salzburg gewesen, auch, wenn die Stadt nur knapp eineinhalb Autostunden entfernt lag.

»So, da sind wir schon!«, verkündete Andreas und hielt auf einem Parkplatz an. Suchend sah ich mich um.

»Und wo genau ist das Hotel, in dem ihr gebucht habt?«, fragte ich skeptisch und folgte den anderen aus dem Auto.

»Okay, vielleicht sind wir noch nicht ganz da, aber zumindest schon auf dem richtigen Parkplatz. Den mussten wir nämlich im Vorhinein reservieren«, erklärte Andreas. »Unser Hotel ist gleich die Straße runter, ungefähr fünf Minuten zu Fuß«, ergänzte Sandra und nahm ihrem Freund einen kleinen Koffer ab.

»Na dann, auf geht's«, meinte Sascha gut gelaunt und schulterte seine Tasche. Ich schnallte mir meinen Rucksack auf den Rücken und folgte meinen Freunden zum Hotel. Dort angekommen gingen wir zur Rezeption.

Da es mitten im November war nahmen wir an, dass nicht allzu viel Betrieb herrschen würde, und wir noch zwei Zimmer bekommen würden.

»Guten Tag und herzlich Willkommen im Hotel Stern. Wie kann ich Ihnen helfen?«, lächelte uns die freundliche Rezeptionistin an.

»Guten Tag, wir haben ein Doppelzimmer reserviert. Auf den Namen Manser.« Die Dame warf einen schnellen Blick in ihren Computer, bevor sie sich wieder an Sandra und Andreas wandte.

»Andreas Manser, zwei Personen für eine Nacht. Doppelzimmer mit Altstadtblick und Frühstück«, ratterte sie herunter. Routiniert erledigte sie die Ausgabe der Schlüssel und die Anmeldung, bevor sie erwartungsvoll zu Sascha und mir sah.

»Und wie lautet Ihr Name?«, fragte sie, wobei sie eher zu Sascha sah als zu mir. »Wir haben nicht reserviert. Wir wollten fragen, ob noch zwei Einzelzimmer zur Verfügung stehen?«, erklärte er und trat an die Rezeption. Bei dem Wort Einzelzimmer leuchteten die Augen der Rezeptionistin regelrecht auf. Ich war mir nicht sicher, ob das an dem damit verbundenen höheren Preis lag, oder an der Tatsache, dass Sascha sich somit gerade offiziell als Single vorgestellt hatte. Bitte, lass es nur wegen des höheren Umsatzes sein!

»Ich sehe sofort nach, einen Moment bitte!« Eine Weile tippte sie auf ihrer Tastatur herum und immer tiefere Fältchen bildeten sich zwischen ihren Augenbrauen.

»Es tut mir leid, so wie es aussieht, haben wir nur noch ein Doppelzimmer zur Verfügung.«

»Ha!«, rief Andreas begeistert aus und klatschte lachend in die Hände.

»Das kommt ja wie gerufen!« An die Rezeptionistin gewandt meinte er grinsend.

»Sie nehmen es!« »Aber Andreas, wir können doch nicht …«, versuchte ich einzuwerfen, doch das bescherte mir nur einen abschätzigen Blick.

»Was könnt ihr nicht? Im selben Bett schlafen? Das hat heute Morgen aber noch ganz anders ausgesehen! Außerdem sind die nächsten Hotels viel zu überteuert oder zu weit weg. Also keine Widerrede, ihr nehmt das Doppelzimmer«, bestimmte Andreas. Man sah, wie viel Freude ihm diese ganze Geschichte bereitete.

»Ist das okay für dich, Anni?« Sascha sah mich fragend an. Seufzend ließ ich die Schultern hängen und nickte. Ja, wir hatten letzte Nacht in einem Bett geschlafen. Aber das war doch etwas ganz anderes gewesen! Wenig später überreichte uns beiden die Rezeptionistin mit falschem Lächeln jeweils eine Zimmerkarte und wünschte uns einen netten Aufenthalt. Ich wandte mich bereits ab, als sie Sascha noch zuraunte, er könne sich jederzeit an sie wenden, wenn er etwas benötigen würde. Nur mit allergrößter Mühe konnte ich meinen Brechreiz unterdrücken.

Ein Augenrollen entglitt mir trotzdem. Zu viert fuhren gemeinsam in den dritten Stock, denn unsere Zimmer lagen nur wenige Nummern voneinander entfernt. Zuerst erreichten wir Saschas und mein Zimmer.

»So, da wären wir!« Andreas' Freude über das Zimmerproblem war noch immer nicht verklungen.

»Danke, ohne dich hätten wir es nie gefunden!«, gab Sascha sarkastisch zurück. Wir traten nacheinander ein und sahen uns um.

»Hübsch«, sagte ich und meinte es auch so. Das Zimmer war in sehr Modernen, knalligen Farben dekoriert, aber ohne zu übertreiben. Ein Blick ins Badezimmer zeigte eine große, bodenebene Glasdusche, ein Waschbecken, ein WC und einen schönen, großen Spiegel.

So wie Andreas und Sandra hatten auch wir ein Altstadtblick-Zimmer bekommen. Die Aussicht war wunderschön!

»So, dann lassen wir euch einmal allein. Was habt ihr denn noch so vor?« Wir sahen ihn verwirrt an.

»Ähm, unternehmen wir denn nicht zusammen etwas?«, wollte ich wissen, aber Andreas und Sandra zuckten nur entschuldigend mit den Schultern.

»Wisst ihr, wir haben für heute Nachmittag schon etwas geplant. Und am Abend haben wir einen Tisch in diesem super schicken Restaurant reserviert, weil Sandra doch letzte Woche zu mir gezogen ist. Ja, also, und da dachten wir …«

»Dass ihr das natürlich zu zweit feiern wollt. Kein Problem«, unterbrach Sascha ihn und grinste. Auch ich rang mir ein Lächeln ab.

»Ja, das verstehen wir natürlich. Ich werde mich einfach im Spa etwas entspannen und ein bisschen lesen. Und Sascha …« Hilfesuchend sah ich zu ihm.

»Ja, ich werde vielleicht einen kleinen Spaziergang machen, mal sehen«, murmelte er und begann, seine Sachen in den Schrank zu räumen. Das hatte ich auch noch nie verstanden. Wenn man doch nur für eine Nacht in einem Hotel blieb, warum machte man sich dann die Mühe und packte aus?

»Das klingt doch nach einem Plan! Sascha, du könntest Anni ja auch mitnehmen auf deinen Spaziergang. Ein bisschen frische Luft tut euch bestimmt beiden ganz gut«, lächelte Sandra. Nach einem Blick auf die Uhr scheuchte Andreas seine Freundin schließlich aus unserem Zimmer und wünschte uns noch viel Spaß, bevor die Tür ins Schloss fiel.

»So, und jetzt?«, wandte sich Sascha an mich, während ich in den einzigen Sessel im Zimmer sank.

»Keine Ahnung. Irgendwie hatte ich mir das anders vorgestellt«, gab ich zu. Er nickte. Betretenes Schweigen machte sich breit, während ich gedankenverloren aus dem Fenster starrte. Ich hatte mich schon sehr auf ein wenig Ablenkung gefreut, doch, wenn ich jetzt wieder nur in diesem Hotelzimmer herumsaß, dann hätte ich auch gleich in Hallstatt bleiben können. Billiger wäre es allemal gewesen. Ich bezweifelte nämlich sehr, dass ich Sascha zu einem Museumsbesuch, geschweige denn, zu einem Einkaufsbummel, würde überreden können. Ein tiefes Seufzen holte mich aus meinen Gedanken.

»Okay, also ich glaube, weder du noch ich wollen in diesem Hotelzimmer versauern. Wenn du möchtest, könnten wir in die Altstadt gehen oder uns irgendetwas ansehen. Vielleicht auch eine Kleinigkeit essen gehen, und wenn du dann noch möchtest, zum Abschluss im Hotelspa entspannen. Na, wie klingt das?« Mit offenem Mund starrte ich ihn an. Konnte der Kerl etwa hellsehen? Er runzelte die Stirn.

»Oder vielleicht auch nicht?«

»Was?«, fragte ich und nun sah er mich verwirrt an. »Wir müssen das, was ich vorgeschlagen habe, nicht machen. Du kannst gerne ins Spa gehen, wenn du möchtest. Also, das war ja auch nur so eine Idee und …«

»Sascha?«

»Ja?« Grinsend sah ich ihn an. »Ich würde sehr gerne mit dir in die Altstadt gehen. Und auch etwas ansehen. Und natürlich etwas essen. Aber nur, wenn du das auch möchtest.«

»Hätte ich es denn sonst vorgeschlagen, Tollpatsch?«, fragte er lächelnd. Achselzuckend stand ich auf, um mich fertig zu machen und er tat es mir gleich.

Keine fünfzehn Minuten später waren wir schon auf dem Weg in die berühmte Getreidegasse.

Eine Einkaufsstraße mit wunderbar alten Schildern. Sogar die modernsten Firmen hatten eines. Und natürlich befand sich dort auch Mozarts Geburtshaus. Wir bummelten eine Weile durch die Straße, die an einem Samstagmittag sehr gut besucht war. Wie magisch angezogen ging ich von einem Schaufenster zum nächsten und begutachtete begeistert die Auslagen. Sascha hatte Mühe, mit mir Schritt zu halten, da ich öfter die Richtung wechselte als ein Hase, der im Zick-Zack lief.

»So, jetzt ist es genug!«, meinte er lachend nach dem wohl zehnten Richtungswechsel und nahm meine Hand in seine. Überrascht blieb ich stehen und sah auf unsere ineinander verschlungenen Finger hinab.

»Ist das okay?«, fragte er leise und ich errötete. Lächelnd nickte ich und wir sahen uns eine Weile an, bevor ein neues Schaufenster meine Aufmerksamkeit einfing und ich einen lachenden Sascha hinter mir herzog.

KAPITEL 18

Sascha

Seit zwei Stunden spazierten wir durch die Altstadt und unterhielten uns über Gott und die Welt. Nur einmal hatte ich bisher Annis Hand losgelassen, als sie in einem Geschäft ein kleines Bild für ihr Wohnzimmer gekauft hatte. Doch kaum waren wir zurück auf der Straße gewesen, hatten sich unsere Hände beinahe wie von selbst wiedergefunden. Gerade spazierten wir an mehreren, noch geschlossenen Bars vorbei, als Anni etwas entdeckte.

»Oh mein Gott!«, entkam es ihr und sie legte einen Schritt zu.

»Was ist denn?« Ich kam ihr natürlich hinterhergeeilt, unsere Finger nach wie vor fest verschränkt. Sie blieb vor einem riesigen Gebäude stehen und deutete darauf.

»Das Haus der Natur! Da war ich immer mit meinen Großeltern drinnen, wenn wir nach Salzburg gefahren sind! Mein Gott, ich war bestimmt seit fünfzehn Jahren nicht mehr dort.« Lächelnd beobachtete ich sie, während sie mir das alles mit strahlenden Augen erzählte. Ich deutete mit dem Kopf auf den Eingang.

»Dann wird es wohl höchste Zeit, dass du wieder einmal hineingehst, meinst du nicht auch?« Überrascht sah sie mich an.

»Du würdest mit mir in ein Museum gehen?« Ich nickte.

»Ich war noch nie drinnen und du könntest doch mein Tourguide sein, oder?« Ich wappnete mich schon gegen einen Klaps auf meinen Arm, wie sie es öfter machte, wenn jemand etwas Albernes sagte. Womit ich jedoch nicht gerechnet hatte, war, dass sie mir vor Freude regelrecht um den Hals fiel. Überrascht stolperte ich einen Schritt zurück, bevor ich mich fing und sie ebenfalls umarmte.

»Danke, danke, danke, Sascha! Du hast keine Ahnung, was mir das bedeutet!«

»Nichts zu danken«, erwiderte ich. Kurz darauf ließ sie mich los, nahm wieder meine Hand und wir gingen zum Eingang.

Wir wanderten von Raum zu Raum. Überall, wo Anni eine Geschichte einfiel, blieben wir stehen und ich lauschte ihr. Gleich im ersten Raum stand eine sich bewegende Tyrannosaurus Rex Figur. Anni erzählte mir, dass sie bei ihrem ersten Besuch hier furchtbare Angst vor dem Dinosaurier gehabt hatte. Wir hielten uns lange in der Meeres- und Reptilienabteilung auf.

Ich fand es spannend zu sehen, dass Anni zwar vor Spinnen Angst zu haben schien, vor Schlangen jedoch nicht. Das war für eine Frau doch eher ungewöhnlich.

Sie erzählte mir, dass einer ihrer Schulkollegen früher eine Schlange zuhause gehabt hatte. Da sie die einzige seiner Freunde gewesen war, die sich nicht gefürchtet hatte, durfte sie immer auf das Tier aufpassen, wenn er mit seiner Familie auf Urlaub war. Ich erzählte ihr im Gegenzug, dass mein Zahnarzt früher ein großes Aquarium in seinem Wartezimmer stehen gehabt hatte. Selbst, wenn ich vor einem Besuch furchtbar nervös gewesen war, sobald ich die Fische darin ein paar Minuten lang beobachtet hatte, ging es mir besser.

»Oh, wie süß! Ich kann mir dich als kleinen Jungen irgendwie gar nicht so richtig vorstellen«, gab sie zu und kicherte.

»Wenn es nach mir geht, wirst du auch nie ein Foto zu Gesicht bekommen!«, feixte ich zurück, doch bevor ihr eine schlaue Erwiderung darauf einfiel, betraten wir schon den nächsten Raum.

»Wow! Okay, damit, dass es interessant ist, hast du definitiv nicht übertrieben!« Triumphierend schenkte sie mir ein Lächeln, während wir weiter in die Weltraumausstellung hinein gingen. In der Mitte standen verschiedene Waagen, auf die sie auch direkt zusteuerte.

»Schau mal! Hier kannst du sehen, wie viel du auf den einzelnen Planeten wiegen würdest.« Begeistert stellte sie sich auf die erste Waage, die der Erde, und deckte sofort das Display ab.

»Und?«, neckte ich sie, doch Anni stieg wieder hinunter und warf mir nur ein »Eine Dame fragt man nicht nach ihrem Gewicht!« über die Schulter zu, bevor sie zu den nächsten Waagen ging - von der höchsten bis zur niedrigsten, und genau bei der letzten erlaubte ich mir einen kleinen Spaß. Als sie auf die Waage des Planeten Pluto stieg und konzentriert auf das Display vor sich sah, stellte ich kurzerhand einen Fuß hinter sie auf die Waage und verlagerte das Gewicht.

»Was?«, murmelte sie. »Das kann doch gar nicht sein!« Eilig zog ich meinen Fuß zurück und sie stieg herunter.

»Stimmt etwas nicht?«, fragte ich unschuldig, nachdem sie sich nochmals auf die vorherige Waage gestellt hatte.

»Hm. Auf dem Mond wiege ich 11,2 kg. Auf Pluto müsste ich also noch viel weniger wiegen, aber ich wiege fast 13 kg!

Irgendetwas habe ich falsch gemacht.« Stirnrunzelnd sah sie zwischen den beiden Waagen hin und her, und ich musste sehr an mich halten, um nicht zu lachen.

»Vielleicht solltest du es einfach nochmal versuchen?«, schlug ich so ernst ich konnte vor und sie tat wie geheißen. Auch dieses Mal stellte ich wieder unbemerkt von ihr einen Fuß auf die Waage.

»Verdammt! Das gibt es doch nicht! Was mache ich denn …«, schimpfte sie wieder und trat schnell einen Schritt zurück. Zu schnell für mich, um ihr noch aus dem Weg zu gehen. Schon stolperte sie und fiel rückwärts gegen mich. Geistesgegenwärtig fing ich sie auf. Verdattert sah sie mich von unten herab an und suchte dann nach dem Auslöser für ihr Stolpern. Als sie meinen Fuß entdeckte, der nach wie vor auf der Waage stand, lachte sie los.

»Du bist so gemein!«, rief sie, schlug mich sanft auf den Arm und rappelte sich hoch. Grinsend hob ich beide Hände.

»Sorry, das war einfach zu verlockend. Du hättest einmal dein Gesicht sehen sollen, als du dachtest, du hättest etwas falsch gemacht!« Kopfschüttelnd, aber noch immer lächelnd, nahm sie wieder meine Hand und führte mich in den nächsten Raum.

»Komm schon, Schnösel! Wir sind hier noch lange nicht fertig!«

Nein, wir waren wirklich noch lange nicht fertig gewesen. Knapp vier Stunden später, es war bereits kurz vor fünf Uhr nachmittags, verließen wir das Museum.

»Puh! So groß hatte ich es gar nicht mehr in Erinnerung!«, meinte Anni und zog sich ihre Haube ein wenig tiefer ins Gesicht. Jetzt, wo es bereits dunkel wurde, wurde es auch sehr frisch. Suchend sah ich mich um.

»Es war wirklich groß, aber sehr spannend! Danke, dass du mich mitgenommen hast.« Sie errötete leicht und sah mich durch ihre langen Wimpern an.

»Danke, dass du mit mir mitgekommen bist. So viel Spaß hatte ich schon lange nicht mehr.«

»Wer sagt denn, dass wir schon fertig sind? Erinnerst du dich noch an die Liste, die wir im Hotel gemacht haben?« Kurz schien sie zu überlegen, bis ihre Augen freudig aufblitzten.

»Eine Kleinigkeit essen gehen!« Lächelnd nickte ich, streckte ihr meine Hand entgegen, die sie nur allzu bereitwillig nahm, und ging mit ihr wieder zurück in die Altstadt. Während Anni nämlich damit beschäftigt gewesen war, sich alle Schaufenster ganz genau anzusehen, hatte ich Ausschau nach einem guten Lokal gehalten und auch einige gefunden. Ich wollte jedoch ihr die Entscheidung überlassen, wo wir hingingen.

»Worauf hast du denn Lust?«, fragte ich sie, als wir uns langsam von dem Museum entfernten.

»Hm.« Nachdenklich schob sie ihre Unterlippe vor, und am liebsten hätte ich sie augenblicklich geküsst. Doch ich zügelte mich und ließ sie überlegen.

»Ich habe vorhin gar nicht darauf geachtet, was es hier alles gibt«, gab sie leise zu und sah sich hilflos um.

»Es gibt einige Wirtshäuser, italienische Restaurants, asiatische Lokale und auch viele Läden mit einem Bio-Angebot. Dir steht also alles offen!«

»Ich weiß nicht. Worauf hättest du denn Lust?« Lachend wehrte ich ab.

»Nein, nein, nein. Ich habe dich zuerst gefragt. Also? Hast du eher großen Hunger oder noch nicht?«

»Oh doch! Und wie! Wir sind ja ohne Frühstück los und zu Mittag hatte ich gar nicht ans Essen gedacht!«

»Na, dann wird es aber höchste Zeit! Was hältst du von einem Abendessen im Brauhaus Stammbräu? Wir sind vorhin daran vorbeigegangen, mehrmals sogar. Hat sehr gut ausgesehen.«

»Sehr gerne!«, entgegnete sie und wir gingen in Richtung des bekannten Salzburger Brauhauses.

Im Lokal angekommen war schon einiges los. Dennoch ergatterten wir einen ruhigen Tisch im sogenannten Bürgersaal in einer der hinteren Ecken. In einer kleinen Koje, direkt an einem Fenster, nahmen wir Platz und studierten die Speisekarte. Ein alteingesessener Kellner mit grauem Schnurrbart und Goldbrille kam freundlich lächelnd an unseren Tisch.

»Grias eich! Hobt's scho an Wunsch?«

»Ein großes Hausbier, bitte«, bestellte ich und erwartete, dass sich Anni ein Glas Wein bestellen würde.

»Für mich bitte auch«, ergänzte sie, bedankte sich und widmete sich wieder ihrer Karte. Positiv überrascht sah ich sie noch eine Weile an, bevor ich selbst auch wieder überlegte, was ich bestellen sollte.

»Weißt du schon, was du möchtest?«, fragte Anni mich wenig später und ich nickte langsam.

»Ich denke schon. Der ofenfrische Schweinsbraten mit Semmelknödel und Speckkrautsalat klingt gut. Und du?«

»Also äh, ja«, stotterte sie und ihre Augen huschten über die Speisekarte. »Ich dachte, der Schafsfrischkäse mit gegrilltem Gemüse klingt ganz lecker«, meinte sie leise und ich runzelte die Stirn.

»Aber da ist doch Olivenbrot dabei. Du hast mir doch erzählt, du magst keine Oliven, oder?«

»Oh! Ja! Ach ja, stimmt! Gut, dass du es sagst, so weit hatte ich gar nicht gelesen«, entgegnete Anni mit unnatürlich hoher Stimme. »Tja, dann wird es wohl der große, gemischte Blattsalat werden. Auf das Hausdressing bin ich schon sehr gespannt!« Damit schloss sie die Karte und sah stur aus dem Fenster zu ihrer linken. Seufzend legte ich meine Speisekarte beiseite und griff über den Tisch nach ihrer Hand, die unruhig an den Fingern ihrer anderen herumzupfte.

»Anni«, sagte ich sanft und bei meiner Berührung sah sie mich an.
»Du hast doch vorhin gesagt du hättest großen Hunger. Und jetzt willst du nur einen gemischten Blattsalat essen, der noch dazu eine Vorspeise ist?
Komm schon, was ist los?« Beinahe beschämt sah sie auf unsere Hände, während ich sanft mit meinem Daumen über ihre Fingerknöchel strich.

»Weil ich nicht will, dass du mich für verfressen hältst«, flüsterte sie und ließ den Kopf vollends hängen.

»Hey«, sagte ich und rutschte die U-förmige Bank entlang, bis ich links neben ihr saß. »Sieh mich bitte an«, forderte ich sanft und drückte dabei ihr Kinn hoch, bis ihre Augen auf meine trafen.

»Ich würde niemals von dir denken, dass du verfressen bist. Im Gegenteil! Ich freue mich, wenn ich sehe, dass es dir schmeckt.« Überrascht zog sie die Augenbrauen nach oben.

»Als ich dir die Pizzen vorbeigebracht hatte, hast du doch auch so viel gegessen, wie du wolltest. Warum sollte es denn jetzt plötzlich anders sein?«

»Weil wir da noch nicht ...«, begann sie, brach jedoch sofort wieder ab und biss sich auf die Lippe. Eilig überlegte ich, was sie meinen könnte.

»Weil wir da noch keine Freunde waren?«, wagte ich einen ersten Versuch. Ganz kurz sah ich etwas in ihren Augen aufblitzen, doch so schnell es da war, war es auch wieder weg und sie nickte stumm.

»Okay«, sagte ich leise und strich ihr eine Haarsträhne hinters Ohr.

»Dann sage ich dir jetzt als dein Freund, dass ich mich sehr darüber freuen würde, wenn du dir bestellst, worauf auch immer du Lust hast! Nichts wäre heute für mich schlimmer zu ertragen als dein grummelnder Magen mitten in der Nacht!« Damit hatte ich sie wieder zum Lachen gebracht und sie schlug mir sanft auf den Arm.

»Du bist unmöglich!«

»Vielleicht, aber solange du dir bestellst, was du möchtest, bin ich gerne unmöglich«, erwiderte ich und sie beobachtete mich noch immer grinsend. Sie war so verdammt süß, wenn sie mich so ansah!

»So, do hobt's eichare Bier. Hobt's a scho wo's zum Essn' g'fundn?«
Der Kellner war wieder an unseren Tisch getreten und bedachte unsere verschränkten Finger mit einem wissenden Lächeln. Eilig ließen wir einander los und schnappten uns die Speisekarten.

»Ich hätte bitte gerne einmal den Schweinsbraten mit Semmelknödel und Speckkrautsalat. Und du, Anni?« Hoffentlich bestellte sie sich nicht den Salat, sonst würde ich einfach jedes Gericht von der Karte ordern!

»Ich nehme bitte einmal die Krautfleckerl. Dankeschön!« Erleichtert sah ich sie an, während der Kellner alles notierte, unsere Karten einsammelte und in Richtung Küche verschwand.

»Danke«, sagte ich zu ihr. Lachend fragte sie mich, warum ich mich

bedankte, doch das konnte ich ihr selbst nicht genau sagen. Dafür, dass sie sich das bestellt hatte, was sie wollte?

Dafür, dass sie uns als Freunde betrachtete? Dafür, dass sie hier bei mir war? Ich hatte keine Ahnung, aber ich genoss jede einzelne Sekunde mit ihr. Schnell versuchte ich, von ihrer Frage abzulenken, bevor mir auch nur eines der Dinge entwischen konnte, die mir gerade durch den Kopf gegangen waren.

»Krautfleckerl, also …«, sagte ich hilflos und sah sie an, darauf hoffend, dass sie etwas sagen würde.

»Ja, meine Oma hat die früher immer für Opa und mich gemacht. Es war sein Lieblingsessen, immer zusammen mit einem guten Bier. Aber nachdem er starb, hat sie sie nie wieder gemacht und ich auch nicht.« Traurig lächelnd sah sie auf ihre Hände, deren Finger sie immer weiter miteinander verknotete. Einem inneren Drang folgend legte ich meine Hand über ihre.

»Hey. Möchtest du vielleicht etwas anderes bestellen? Ich hole gerne den Kellner noch einmal zu uns«, bot ich ihr leise an, aber sie schüttelte den Kopf.

»Nein, danke. Das ist wirklich sehr lieb von dir, aber nicht nötig.« Sie drehte ihre Hand und verschränkte ihre Finger schließlich mit meinen.

»Weißt du, irgendwie passen die Krautfleckerl sogar zu diesem ganzen Tag. Ich meine, ich war als Kind oft mit meinen Großeltern in Salzburg, und jedes Mal waren wir im Haus der Natur. Und hier hätte es Opa bestimmt auch gut gefallen!«

»Weil es in Salzburg ist oder wegen der Krautfleckerl und dem Bier?« Anni lachte laut auf und verstärkte ihren Griff um meine Hand ein wenig.

»Wegen der Krautfleckerl! Definitiv wegen der Krautfleckerl und dem Bier!«

»Na, dann musst du mich aber unbedingt probieren lassen!«, grinste ich und sie nickte.

»Ich denke, das lässt sich einrichten, Schnösel.«

KAPITEL 19

Anni

Sascha und ich unterhielten uns wie zwei alte Freunde miteinander. Der einzige Unterschied zu alten Freunden war der, dass unsere Finger wie festgeklebt ineinander verschlungen waren. Nur während des Essens ließen wir uns los, doch sobald wir fertig waren, fanden sich unsere Hände auf der roten Tischdecke wie von selbst wieder.

»Erzähl mir etwas von dir. Ich weiß überhaupt nichts von dir, aber du verdammt viel von mir. Findest du das nicht etwas ungerecht?« Bittend sah ich Sascha an, der vorgab angestrengt darüber nachzudenken.

»Hm. Vielleicht ein bisschen unfair. Aber was hast du von einem Schnösel auch anderes erwartet?«

»Das stimmt allerdings! Wie konnte ich das nur vergessen?« Lachend überlegte er wieder.

»Okay, mal sehen. Ich bin in einem kleinen Ort außerhalb von Graz aufgewachsen. Ich habe eine jüngere Schwester, Mila, und zwei jüngere Cousinen, die auf der anderen Straßenseite gewohnt haben. Man könnte uns vier durchaus als Geschwister bezeichnen, denn wir sind praktisch in beiden Häusern aufgewachsen.« Interessiert lauschte ich ihm, als er mir noch mehr von seiner Familie und seiner Ausbildung erzählte.

»Meine Eltern sind sehr bodenständige Menschen. Meine Mama liebt es zu kochen und meinen Papa bekommst du nur sehr schwer aus dem Garten und im Winter aus seiner Hobby Werkstatt heraus. Fast jedes Möbelstück, das meine Eltern besitzen, hat er gemacht. Darauf ist er auch verdammt stolz und das lässt er jeden, der zu Besuch kommt, spüren!«

»Hast du denn diese handwerkliche Begabung geerbt?«, fragte ich und er nickte.

»Ja, wir haben früher schon viel zusammen gebastelt. Als mir der Vorbesitzer des Hauses in Hallstatt erklärt hat, dass er es noch nicht geschafft hatte, das Boot in der Scheune zu verkaufen, habe ich es gleich mit dem Haus übernommen.«

»Ich erinnere mich an das Boot! Herr Martin, also der Vater deines Vorbesitzers, hat bereits daran gebastelt als ich noch in der Schule war. Sein Sohn hat ihm immer geholfen, aber nach seinem Tod hat auch er leider nicht mehr daran weitergearbeitet.« Sascha nickte.

»Das hat er mir auch erzählt. Aber ich freue mich über diesen Ausgleich. Neben der Arbeit hatte ich bisher nur das Laufen, um mich abzulenken. Da ist ein Boot schon etwas ganz anderes.«

»Oft habe ich dich aber noch nicht daran arbeiten sehen«, neckte ich ihn und tippte ihm mehrmals gegen den Oberarm.

»Das könnte an der unglaublich anstrengenden Nachbarin liegen. Weißt du, sie ist nämlich Autorin und dreht ihre Musik immer so laut auf, dass jeder normale Mensch davon einen Tinnitus bekommen würde«, neckte er mich zurück und stupste mich ebenfalls an.

»Ach ja?«, fragte ich mit gespielter Empörung und schubste ihn dieses Mal leicht.

»Oh ja!«, erwiderte er. Als er dabei in meine Richtung griff, erwartete ich, dass er mich ebenfalls leicht schubsen würde und lehnte mich bereits dagegen. Doch er griff sanft nach meinem Ellbogen und zog mich mit einer geschmeidigen Bewegung zu sich in die Ecke der Sitzbank.

»Aber weißt du was?«, murmelte er mit tiefer Stimme, während unsere Gesichter nur wenige Zentimeter voneinander entfernt waren.

»Was?«, flüsterte ich, meinen Blick weiterhin von seinem gefangen genommen.

»Ich fange langsam an, diese Nachbarin zu mögen. Ich glaube, ich würde einen Tinnitus riskieren, wenn ich sie dafür besser kennenlernen könnte.« Wow! Mir blieb die Luft weg! Seine grünen Augen huschten immer wieder zu meinen Lippen hinab, doch er tat nichts. Am liebsten hätte ich ihn angeschrien, mich doch endlich zu küssen, aber ich brachte nur ein leises

»Ich glaube, du könntest deiner Nachbarin auch ganz gut gefallen« hervor. Ich beobachtete wie seine Zungenspitze zum Vorschein kam und seine Lippen befeuchtete, bevor er ebenfalls leise erwiderte:

»Und was meinst du, könnte ich tun, um ihr wirklich zu gefallen?« Mein Kopf war wie leergefegt und doch formten sich Worte, die ich noch vor wenigen Tagen niemals ausgesprochen hätte.

»Du könntest sie küssen.« Es war nur ein Flüstern, so leise, dass ich mir ziemlich sicher war, dass er es nicht gehört hatte. Ein Seufzen kam über seine Lippen, als er mich mit einem erleichterten Blick ansah.

»Na endlich!«, murmelte er und überwand die letzten Zentimeter. Als unsere Lippen aufeinander trafen fühlte es sich wie ein viel zu lang zurückgehaltenes Feuerwerk an, das in mir explodierte.

Seine Hände wanderten meine Schultern entlang nach oben, bis seine Handflächen an meinem Hals lagen und seine Daumen sanft über meine Wangen strichen. Ganz sanft bewegten sich seine Lippen an meinen, fast schon schüchtern.

Doch ich wollte alles. Ich öffnete meine Lippen und drängte mich weiter gegen ihn. Nach Halt suchend legte ich meine Hände auf seine starke Brust. Unsere Zungen tanzten wild miteinander und es gab nur noch uns zwei. Erst ein Pfiff und ein in unsere Richtung gerufenes

»Geh ran, Mann! Sie will dich!« ließ uns auseinanderfahren. Heftig atmend und mit roten Wangen wandte ich mein Gesicht zum Fenster. Unter keinen Umständen wollte ich denjenigen, die uns beobachtet hatten, nun in die Augen sehen. Saschas Brust hob sich mindestens genauso schnell wie meine. Unter meiner Handfläche spürte ich das schnelle Pochen seines Herzens, doch er ließ mich nicht los.

»Alles in Ordnung?«, flüsterte er und versuchte, mir in die Augen zu sehen. Ich nickte und war noch immer unfähig, Worte zu formen, die auch nur annähernd beschrieben, was ich gerade fühlte. Sascha hatte mich geküsst! Und was für ein Kuss das gewesen war!

»Anni? Sieh mich bitte an«, bat er leise. Sorge schwang in seiner Stimme mit. Weil ich nicht wollte, dass er auf falsche Gedanken kam, sah ich zu ihm auf. Ein sanftes, einseitiges Lächeln blickte mir entgegen.

»Da bist du ja wieder.« Auch in meinem Gesicht bildete sich ein Lächeln.

»Ja. Ich bin da.« Dieser Satz schien für uns beide immer mehr Bedeutung zu bekommen, und er sagte all das, was in diesem Moment gesagt werden musste.

Wenig später verließen wir das Bräu und spazierten erneut durch die mit Weihnachtslichtern hell erleuchtete Innenstadt. Unsere Hände waren seit dem ersten Schritt wieder vereint und auf unser beider Gesichter lag noch immer ein glückliches Grinsen. Irgendwann bemerkte ich jedoch, dass wir in die falsche Richtung gingen.

»Sascha? Sollten wir nicht eigentlich dorthin gehen, um zurück zum Hotel zu kommen?«

»Da hast du recht, aber wer sagt denn, dass wir zum Hotel zurückgehen?« Stirnrunzelnd sah ich ihn an, doch er deutete nur nach vorne.

»Noch einmal um die Ecke, dann weißt du, wo wir sind«, versprach er und zog mich weiter. Kaum waren wir um die Ecke gebogen, blieb ich mit leuchtenden Augen und breit grinsend stehen.

»Überraschung?«, sagte Sascha unsicher, und ich fiel ihm um den Hals.

»Der Salzburger Christkindlmarkt! Woher wusstest du, dass …«

»Dass du immer mit deinen Großeltern hier warst?«, fragte er lachend und legte seine Arme um mich.

»Andreas könnte erwähnt haben, dass er früher öfter mit euch hier war. Der Markt hat erst gestern eröffnet, und ich dachte mir, du würdest vielleicht gerne herkommen. Aber, wenn du nicht willst, dann …«

»Nein, natürlich will ich hierbleiben!«

»Na gut, wenn du es denn unbedingt willst«, spielte Sascha den Gönnerhaften und aus lauter Dankbarkeit und Freude drückte ich meine Lippen auf seine. Erneut stand die Welt um uns herum kurz still. Doch dieses Mal blieb der Kuss unschuldig und vor allem unentdeckt von anderen.

Mit einer Hand strich er mir über die Wange, als wir uns voneinander gelöst hatten.

Einen viel zu kurzen Moment war alles stumm, bis das fröhliche, laute Lachen eines Kindes uns aus unserer Starre riss. Grinsend deutete Sascha mit dem Kopf auf den Markt.

»Gehen wir?« Aufgeregt nahm ich seine Hand in meine und bejahte.

»Wir gehen!«

KAPITEL 20

Sascha

Wir ließen uns von den Menschenmassen treiben. Blieben mal an einem Stand stehen, mal an einem anderen. Anni kaufte sich ein wunderschönes, handgemachtes Notizbuch und ich spendierte uns beiden jeweils einen Punsch. Ich ließ sie zu keiner Sekunde los, da ich, trotz dessen, dass wir nicht mehr in Hallstatt waren, keinen Zwischenfall, der sie gefährden könnte, riskieren wollte.

»Schau mal, Sascha! Diese Krapfen sind ja riesig! Und mit so vielen verschiedenen Sachen gefüllt!«, sagte Anni und deutete auf einen sehr gut besuchen Stand vor uns. Bei den Bildern, die neben den Preislisten hingen, lief einem wirklich das Wasser im Mund zusammen.

»Möchtest du einen haben? Immerhin hatten wir noch kein Dessert«, wandte ich mich an sie, doch sie schien zu überlegen.

»Sie sehen schon sehr gut aus, aber die Palatschinken mit Banane und Nutella an dem Stand dort drüben hören sich doch auch gut an, oder?«

Ich konnte nicht anders als zu lachen. Mein Gott, sie war so süß!

»Lachst du mich etwa gerade aus?« Empört sah sie mich an.

»Tut mir leid, Tollpatsch, aber du siehst einfach zu niedlich aus, wenn du dich nicht entscheiden kannst«, erwiderte ich und sie rümpfte die Nase.

»Ich bin nicht niedlich. Ich will mir nur sicher sein, dass ich mich auch wirklich für das richtige entscheide. Immerhin wäre es doch doof, wenn ich mir einen Krapfen holen würde und dann bemerke, dass ich doch lieber eine Palatschinke gehabt hätte. Verstehst du?« Ja, das verstand ich, und zum Glück hatte ich auch genau die passende Lösung dafür.

»Und was hältst du von dem Vorschlag: Wir holen uns einen Krapfen *und* eine Palatschinke und teilen beides. Wie klingt das?« Anni sah mich mit strahlenden Augen an.

»Das klingt absolut perfekt!« Erleichtert, sie so glücklich zu sehen, wollte ich schon in Richtung Krapfenbude gehen, als sie mich erneut aufhielt.

»Moment! Wäre es nicht besser, wir würden uns aufteilen? Dann hätten wir schneller alles beisammen.« Bei dem Gedanken, sie allein irgendwo hingehen zu lassen, sträubten sich mir alle Haare.

»Ich weiß nicht, Anni … bei allem, was gerade so passiert …«

»Ach komm schon, Sascha! Ich bin doch gleich dort drüben. Außerdem überragst du hier doch die meisten Leute und kannst mich problemlos im Auge behalten.« Noch immer war mir nicht ganz wohl bei dem Gedanken.

»Mir passiert schon nichts, versprochen. Und in wenigen Minuten bin ich wieder da, okay?« Grummelnd stimmte ich ihr zu, ließ sie jedoch nicht gehen, ohne ihr einen Zehn-Euro-Schein in die Hand zu drücken. Soweit kam es noch, dass sie selbst bezahlte! Noch immer nicht ganz einverstanden mit der Entscheidung uns aufzuteilen, sah ich ihr nach, als sie sich in die Palatschinken-Schlange einreihte. Ich tat dasselbe bei dem zweiten Stand und wandte mich alle paar Sekunden zu Anni um. Erst, als ich an der Reihe war und bestellte, konzentrierte ich mich auf etwas anderes.

»Hallo, einen Marillenkrapfen, bitte«, sagte ich zu der älteren Dame hinter dem Tresen und kramte meine Geldbörse hervor.

»Bitte schön, junger Mann. Das macht bitte vier Euro genau.« Ich reichte ihr einen Fünfer und bedankte mich. Eilig machte ich mich auf den Weg zurück zu Anni, als ich wie angewurzelt stehen blieb. Mein ganzer Körper versteifte sich. Da stand sie, wartend vor dem Abholbereich. Allerdings war sie nicht allein. Ein großer, schlanker Typ in einer grauen Steppjacke stand sehr nah bei ihr und quatschte auf sie ein. Anni schien sich nicht sonderlich wohlzufühlen, da sie sich von dem Typ weglehnte und immer wieder einen suchenden Blick in Richtung Krapfenbude warf. Sie suchte nach mir! Ein Gefühl, bei dem ich am liebsten einen Freudentanz aufgeführt hätte, machte sich in mir breit. Doch auch das Bedürfnis, diesen Kerl auf den Mond zu schießen, wurde immer stärker. Entschlossen steuerte ich auf die beiden zu. Als Anni mich entdeckte, zeichnete sich eine große Erleichterung auf ihrem Gesicht ab. Da ich nicht sofort eine Szene machen wollte, trat ich zu den beiden und legte Anni meinen Arm um die Schultern. Gleichzeitig achtete ich darauf, mich zwischen sie und den Typ zu stellen.

»Na? Hast du deine Nachspeise schon?«, fragte ich sie. Den Kerl, der gut einen halben Kopf kleiner war als ich, ignorierte ich.

»Nein, noch nicht. Sollte aber jeden Moment so weit sein«, erwiderte sie und kuschelte sich an mich.

»Äh, entschuldige mal, aber wie du vielleicht sehen konntest, habe ich mich gerade mit dem Mädel hier unterhalten. Da kannst du nicht einfach so stören!« Der Typ hatte vielleicht Nerven! Abschätzig sah ich ihn von oben herab an.

»Nachdem du gerade mit *meinem* Mädel gesprochen hast, habe ich sehr wohl das Recht, dich zu stören.

Außerdem hatte ich nicht den Eindruck, dass sie sonderlich gerne mit dir geredet hat. Also tu uns allen einen Gefallen und zieh Leine!« Wütend funkelte er mich an, doch das beeindruckte mich nicht im Geringsten. Ich war lange genug im Polizeidienst, um zu wissen, wie man mit so jemandem umgehen musste. Endlich verschwand der Kerl und Anni bekam ihre Bestellung.
Meinen Arm noch immer um sie gelegt, führte ich sie zu einem freien Stehtisch.

»So, so, er hat also mit *deinem* Mädel geredet?«, neckte sie mich grinsend und schnitt das erste Stück ihrer Palatschinke ab.

»Was hätte ich denn sonst sagen sollen? Er soll aufhören, mit meinem Tollpatsch zu sprechen? Ich bezweifle sehr, dass er das verstanden hätte«, entgegnete ich schulterzuckend und biss in den Krapfen.

»Egal, was du gesagt hättest. Mir gefällt sowohl das eine wie auch das andere«, raunte sie mir zu, bevor sie mir einen Kuss auf die Wange drückte.

»Glaub mir, Tollpatsch, mir auch«, murmelte ich zurück und drückte meine Lippen kurz an ihre Schläfe.

»Und jetzt lass mich auch einmal von der Palatschinke probieren, bevor du alles aufgegessen hast!« Lachend stieß sie mich mit dem Ellenbogen an, hielt mir dann aber doch ein Stück unter die Nase. An die gemeinsame Zeit mit dieser Frau könnte ich mich ganz leicht gewöhnen.

Zwei Stunden später waren wir auf dem Weg zurück zum Hotel.
Noch immer waren unsere Finger miteinander verbunden und eine angenehme Stille hatte sich über uns gelegt. So oft ich konnte warf ich einen kurzen Blick auf Anni. Sie schien in ihrer eigenen Welt versunken zu sein und ich wollte sie dabei auf keinen Fall stören.

Der Weg zurück führte uns über eine kleine Brücke, die mit vielen Schlössern behängt war. Ein wenig Zeit schinden wollend blieb ich in der Mitte stehen und zog Anni zu mir. Fragend sah sie mich an, doch dann ließ sie sich an meine Brust ziehen und wir genossen schweigend die Aussicht. Meine Arme lagen fest um sie geschlungen. Ihr Rücken und ihr Kopf ruhten an meinem Oberkörper.

»Was würden wohl Andreas und Sandra dazu sagen, wenn sie uns hier so sehen könnten?«, kicherte Anni leise. Ich erwiderte mit einem Schulterzucken:

»Ich denke einmal, Sandra würde sich sehr für uns freuen. Und Andreas … der wäre unausstehlich, weil er es ja angeblich schon die ganze Zeit über gewusst hätte.«

»Oh ja! Das stimmt! Er ist wirklich nicht auszuhalten, wenn er glaubt, Recht gehabt zu haben.« Lachend pflichtete sie mir bei und drehte sich in meinen Armen.

»Aber bevor wir ihm diesen Triumph ohne Grund geben …«, fing sie an, brach dann jedoch ab und wich unsicher meinem Blick aus.

»Ja?« Nervös kaute sie an ihrer Unterlippe.

»Also, zuvor sollten wir vielleicht erst einmal für uns klären, was das hier eigentlich ist, oder?« Verdammt, nichts lieber als das! Ich zog sie noch enger an mich, sofern das überhaupt möglich war, ohne sie zu erdrücken, und sah sie ernst an.

»Was ist es denn für dich?« Ich wollte ihr die Möglichkeit geben, zuerst zu antworten, denn ich wusste, was ich sagen wollte. Ihre Wangen färbten sich in einem wunderschönen Rotton, der nicht der Kälte dieses Novemberabends geschuldet war.

»Also … ich möchte sehen, wo das mit uns hinführt, denn … ich mag dich. Mehr, als ich noch vor wenigen Wochen gedacht hätte. Und ich glaube, das mit uns beiden könnte …« Fieberhaft suchte sie nach den richtigen Worten. Doch da sie eigentlich genau das gesagt hatte, was auch mir durch den Kopf gegangen war, wusste ich, wie dieser Satz enden musste.
»Dass das mit uns beiden etwas ganz Großes werden könnte.« Es war keine Frage meinerseits. Es war eine Feststellung. Denn ich war mir sicher. Auch, wenn wir uns noch nicht so lange kannten, noch nie war mir eine Frau so sehr unter die Haut gegangen wie Anni. Noch nicht einmal Nicole.

Lächelnd sah sie zu mir auf und nickte.

»Ja, genau das.« Ich lächelte. »Dann lass uns nichts überstürzen. Lernen wir uns kennen und sehen, wie es funktioniert. Einverstanden?« Sie nickte wieder.

»Einverstanden.« Ehe wir uns versahen, fanden sich unsere Lippen zu einem, beinahe schon versprechungsvollen, Kuss. Wir genossen noch eine ganze Weile unsere Zweisamkeit, bis sie anfing leicht in meinen Armen zu zittern.

»Komm, bringen wir dich ins Warme«, sagte ich leise und ergriff ihre Hand. Ohne jede Eile begaben wir uns auf die letzten Meter zurück zu unserem Hotel. Nach diesem Tag freute ich mich umso mehr, sie die ganze Nacht in meinen Armen halten zu können.

Wir betraten die Hotellobby. Zum Glück hatte ich ihre Hand losgelassen, um ihr die Tür zu öffnen, denn kaum waren wir im Inneren, stürzte ein freudestrahlender Andreas auf uns zu.

»Da seid ihr ja endlich!«, rief er.

»Wir warten bestimmt schon seit einer Stunde auf euch! Wo wart ihr denn? Na, egal, jetzt seid ihr ja da. Kommt, wir wollen euch etwas erzählen!«

Aufgeregt dirigierte er uns zu einer Sitzgruppe, bei der Sandra bereits auf uns wartete. Sie trug ein hübsches schwarzes Businesskleid, und Andreas hatte einen Anzug an. Leicht misstrauisch sah ich zwischen den beiden hin und her. Anni schien genauso verwirrt zu sein wie ich.

Wir ließen uns nebeneinander auf dem zweiten Sofa nieder, welches Sandra und Andreas gegenüberstand. Plötzlich erschien ein Kellner neben uns und stellte vier Sektgläser auf den Tisch. Einer Ahnung folgend wollte ich mir Sandras linke Hand genauer ansehen, doch diese hielt sie außerhalb meiner Sicht versteckt.

»Also, da ihr nun endlich hier seid, möchten wir euch etwas mitteilen«, begann Andreas, und mein Verdacht erhärtete sich. Plötzlich streckte uns Sandra ihre Hand entgegen. Ein silberner Ring mit einem hellblauen Stein darin funkelte an ihrem Finger.

»Wir sind verlobt!«, riefen beide aus. Anni und ich verfielen in überschwängliche Glückwünsche und wurden von einer Umarmung in die nächste gezogen. Anni endete schließlich auf dem Platz neben Sandra und Andreas neben mir.

»Erzähl, wie hat er es gemacht?«, bat Anni, während sie den Ring erneut bewunderte.

»Er hat es sehr schlau angefangen, das muss ich ihm schon lassen«, begann diese lachend zu erzählen. »Nachdem wir uns umgezogen hatten, sind wir mit dieser Bergbahn hinauf zur Festung gefahren. Zum Glück hatte ich mir auch flache Schuhe eingepackt, in den High-Heels wäre das nämlich eine echte Qual gewesen!« Lachend stimmte ihr Anni zu und so sehr ich auch versuchte, mich nur auf Sandras Erzählung zu konzentrieren, mein Blick blieb immer wieder an meinem Tollpatsch hängen.

»Und dann?«, fragte sie gerade und Sandra erzählte weiter.

»Dann sind wir dort eine Weile spazieren gegangen, bis er mich in einen abgelegenen Teil des Gartens geführt hat. Ich schwöre dir, wenn du mich morgen nochmal auf die Festung schickst, ich würde den Weg sicher nicht mehr wiederfinden!«, lachte sie. »Der Platz war auch gar nicht so einfach zu finden! Ich musste ziemlich viel recherchieren, bis ich wusste, wo wir lang gehen mussten«, erklärte Andreas und grinste weiterhin von einem Ohr zum anderen. Es war schön, die zwei so glücklich zu sehen.

»Das glaube ich dir sofort! Naja, auf jeden Fall hat er mich dort dann hingeführt und mitten in diesem Gartenteil hat er dann auf einmal angehalten. Hat mir erzählt wie schön das letzte gemeinsame Jahr war, und wie sehr er sich auf eine Zukunft mit mir freut. Ja, und dann ...« Grinsend biss sich Sandra auf die Lippe.

»Dann hat er sich hingekniet, den Ring aus seiner Jackentasche geholt und mich gefragt, ob ich ihn heirate.« Andreas hob sein Glas wie für einen Toast und ergänzte:

»Und zu meinem großen Glück hat dieses wunderbare Wesen ja gesagt und mich zum glücklichsten Mann auf diesem Planeten gemacht!«

»Hört, hört!«, pflichteten Anni und ich ihm bei. Andreas und Sandra gaben sich einen langen Kuss. Anni und ich sahen uns über den kleinen Sofatisch hinweg an. Nein, Andreas war nicht der glücklichste Mann auf diesem Planeten. Den Titel würde ich ihm mit dieser Frau an meiner Seite sofort streitig machen. Denn, dass Anni und ich uns gefunden hatten, machte mich zum glücklichsten Mann in diesem Universum!

KAPITEL 21

Anni

Bis nach Mitternacht feierten wir vier die Verlobung von Sandra und Andreas in der Hotellounge. Die beiden waren jedoch so voller Freude, dass sie ein wenig zu tief ins Glas schauten. Auch ich ließ mir den einen oder anderen Cocktail schmecken, während sich Sascha mit wesentlich weniger begnügte. Mit vereinten Kräften schafften wir dann das glückliche Paar aufs Zimmer, bevor wir uns in unseres zurückzogen. Kaum hatte ich die Tür geschlossen, zog mich Sascha auch schon an sich. Eine Hand in meinen Nacken gelegt küsste er mich innig.

»Das wollte ich schon die ganze Zeit tun«, murmelte er, als er meine Lippen schließlich wieder frei gab. Neckend sah ich zu ihm auf.

»Ach ja? Wolltest du das?« Er nickte und strich mir eine Haarsträhne hinters Ohr.

»Dabei ist unser letzter Kuss doch gerade einmal drei Stunden her«, stellte ich grinsend fest.

»Viel zu lange!« Lachend drückte ich ihm erneut einen kurzen Kuss auf die Lippen, bevor ich mich von ihm löste.

»Möchtest du zuerst ins Bad?«

»Nein, geh du nur. Ich warte hier.« Dankbar nickte ich, sammelte meine Sachen zusammen und verschwand mit einem letzten Blick auf ihn in das großzügige Badezimmer. Vorfreude auf die nächsten Stunden in Saschas Armen machte sich in mir breit. Und auch Ungeduld. Ich wollte ihn ehestmöglich wieder bei mir spüren. So schnell ich konnte, putzte ich mir die Zähne und zog mein Schlafgewand an, bestehend aus einer kurzen Boxershorts und einem weiten T-Shirt. Meinen BH behielt ich jedoch im Gegensatz zu sonst an.

Als ich wieder ins Zimmer trat, saß Sascha in dem einzigen vorhandenen Sessel, den Knöchel des einen Beins auf dem Knie seines anderen ruhend. Gedankenverloren schien er durch sein Handy zu scrollen. Als ich die Tür zum Badezimmer schloss, sah er schließlich auf. Sein Blick wurde dunkel.
Seine Augen schienen mich von oben bis unten abzutasten, kein Zentimeter meines Körpers entging ihm.

»Verdammt«, murmelte er leise, stand auf und kam auf mich zu. Unfähig zu sprechen, sah ich zu ihm auf.

»Wenn ich gewusst hätte, wie sexy du in Boxershorts und einem zu großen T-Shirt aussiehst, hätte ich jeweils noch ein extra Paar für dich eingepackt. Du in meinen Klamotten …« Er gab einen Laut von sich, der fast schon animalisch klang.

»Das werden wir zuhause definitiv nachholen!« Während er sprach, drängte er mich mit seinem breiten Körper zurück an die Wand. Dort legte er besitzergreifend seine Hände an meine Hüften und küsste mich gierig.

Wie eine Ertrinkende klammerte ich mich an ihn und genoss jede einzelne Berührung. Plötzlich riss er sich regelrecht von mir los und stützte sich an der Wand hinter mir ab. Ich konnte ihm seinen inneren Kampf deutlich ansehen.

»Du bringst mich noch um den Verstand, Tollpatsch«, murmelte er, bevor er seine Lippen wieder auf meine drückte. Ich drängte mich immer stärker an ihn, rieb meinen Körper an seinem.

»Anni«, stöhnte er und ließ seine Lippen meinen Hals hinabwandern.

»Wir wollten es doch langsam angehen«, erinnerte er mich, doch darauf hatte ich absolut keine Lust.

»Scheiß drauf!«, sagte ich entschlossen und suchte seine Lippen erneut für einen stürmischen Kuss. Mit einem erleichterten Seufzen packte Sascha meine Oberschenkel und hob mich hoch, bis ich meine Beine um seine Hüften schlingen konnte. Seine Erektion drückte fordernd gegen mich. Beinahe schon verzweifelt vergrub ich meine Finger in seinem Haar. Erneut drückte er mich gegen die Wand und seine Hände fanden meine nackte Haut. Gierig ließ er seine Finger über meine Beine, meine Hüften bis zu meinen Rippen hinaufwandern. Bei dieser Berührung zuckte ich jedoch unwillkürlich zusammen. Sascha erstarrte und löste sich von meinen Lippen. Ein unlesbarer Ausdruck hatte sich auf sein Gesicht geschlichen. Vorsichtig hob er mein T-Shirt an, bis er meine Rippen sehen konnte.

Mittlerweile hatten sich die Blutergüsse, die ich von dem Treppensturz zurückbehalten hatte, violett und grün verfärbt. Eine gefühlte Ewigkeit starrte er darauf.

»Sascha?«, fragte ich leise und legte meine Hand an seine Wange, als ich ihn zwang, mich anzusehen. Wut und Schmerz waren in seinen grünen Augen zu sehen.

»Es ist okay«, sagte ich, doch er schüttelte vehement den Kopf.

»Nichts ist okay, Anni. Er hätte niemals so nah an dich herankommen sollen. Ich hätte …«

»Du hättest nichts tun können, um das zu verhindern, Sascha. Absolut nichts.« Sein Blick tastete jeden Zentimeter meines Gesichts ab, bevor er mir einen sanften, liebevollen Kuss auf die Stirn gab.

»Ab jetzt schon. Ich bin da, Tollpatsch. Immer.« Gerührt schloss ich die Augen und lehnte meine Stirn an seine.

»Immer«, wiederholte ich und genoss seine Wärme auf meiner Haut.

Wir standen noch eine ganze Weile schweigend so da. Das war noch eines der Dinge, die ich an Sascha so mochte. Ich musste nicht immer mit ihm reden. Wir konnten auch einfach einmal miteinander schweigen. Seine Hände legten sich erneut unter meine Oberschenkel und er setzte sich in Bewegung. Langsam ließ er mich auf das bequeme Bett hinabsinken.

»Ich mache mich nur schnell bettfertig. Bleib genau, wo du bist, Tollpatsch«, raunte er mir zu und drückte mir lächelnd noch zwei Küsse auf die Lippen. Grinsend sah ich ihm nach, als er im Badezimmer verschwand. An diese gemeinsame Zeit mit ihm könnte ich mich sehr schnell gewöhnen.

Ich machte es mir schon einmal im Bett gemütlich. Eine Weile zappte ich durch die Kanäle, bis ich bei einem Marvel Film hängen blieb. Als Sascha wenig später zu mir unter die Decke schlüpfte, mich so selbstverständlich an sich zog, als würden wir das jeden Tag machen, und ich mich an ihn schmiegte, war die Welt für mich in Ordnung.

»Captain America, The First Avenger?«, fragte er, nachdem er den Film nicht einmal eine Minute gesehen hatte.

»Ja. Es läuft sonst nicht wirklich etwas und zu Marvel kann man nie nein sagen.« Skeptisch sah ich zu ihm auf.

»Es sei denn, du bist ein absoluter DC-Fanatiker. In diesem Fall müssten wir das mit uns beiden nämlich noch einmal überdenken«, erklärte ich ernst. Lachend schüttelte er den Kopf.

»Keine Sorge, ich sehe beides sehr gerne, wobei mir Marvel tatsächlich lieber ist.« Zufrieden ließ ich mich wieder gegen ihn sinken und wir sahen weiter zu. Sanft streichelte er meinen nackten Unterarm und ich fuhr gedankenverloren über seinen Bauch.

»Den Film hast du sicher nur wegen Chris Evans ausgewählt, stimmt's?«, raunte er mir ins Ohr, als wir zu der Stelle kamen, an der Chris Evans ohne Shirt zu sehen war.

»Hm. Nein, eigentlich nicht. Er sieht zwar echt gut aus, aber ich muss zugeben, dass ich eher auf die Auftritte von Sebastian Stan als Bucky Barnes warte.« Er lachte und zog mich noch ein wenig enger an sich ran.

»Steht da etwa jemand auf Typen in Uniform?«, neckte er mich und drückte mir einen Kuss auf die Schläfe.

»Gute Frage. Wenn ich mir das so überlege, dann habe ich mir mit dir wohl das Beste aus beiden Welten ausgesucht.«

»Und das wäre?« Ohne zu überlegen schwang ich ein Bein über ihn und saß innerhalb weniger Sekunden rittlings auf seinem Schoß.

»Weil ich mir einen heißen Typen geangelt habe, der Captain America wahnsinnig ähnlich sieht und noch dazu in seiner Polizeiuniform einfach zum Anbeißen ist!«, erklärte ich und küsste ihn leidenschaftlich.

»Ach ja, tue ich das?«, fragte er heiser, als ich seine Lippen freiließ.

Seine Hände wanderten unterdessen über meine Oberschenkel bis zu meinen Hüften und ließen mich schaudern.

»Ja, das tust du. Und dein Arsch lässt Americas Ass definitiv alt aussehen!«

»Na, da bin ich aber froh!«, lachte er und küsste mich erneut.

Langsam rollte er sich mit mir auf die andere Bettseite. Er stützte sich mit den Unterarmen ab und gab mir noch drei kurze Küsse.

»So sehr ich es auch genieße, dich auf meinem Schoß sitzen zu haben … wenn ich meinen Vorsatz, dich zuerst gesund werden zu lassen, in die Tat umsetzen will, sollten wir das vorerst vielleicht besser lassen.« Verlegen sah ich zur Seite und murmelte eine leise Entschuldigung. Er fing mein Kinn ein und zwang mich, ihn anzusehen.

»Du musst dich niemals für irgendetwas bei mir entschuldigen. Okay? Ich möchte, dass du dich in jeder einzelnen Sekunde bei mir wohlfühlst.«

Ich nickte und lächelte ihn an.

»Okay.« Zufrieden küsste er mich ein letztes Mal, bevor er sich wieder neben mich legte und wir beide aneinander gekuschelt während des Films einschliefen.

KAPITEL 22

Anni

Die Heimfahrt am nächsten Morgen verlief erstaunlich schweigsam. Kein Wunder, wenn man bedachte, dass Andreas und Sandra beide mit einem totalen Kater auf der Rückbank schliefen und Sascha und ich sie nicht wecken wollten. Wir mussten aber auch gar nichts sagen, denn es war bereits alles gesagt. Wir hatten den Morgen zusammen genossen. Nachdem wir noch eine Weile gekuschelt hatten, machten wir uns schließlich fertig und gingen zum Frühstück.

Da unser frisch verlobtes Paar allerdings verschlafen hatte, konnten wir auch dort ganz ungestört unsere Zweisamkeit und den einen oder anderen Kuss genießen. Auf dem Heimweg begnügten wir uns damit, uns verstohlene Blicke zuzuwerfen. Hin und wieder ließ Sascha seine Finger auch unauffällig zu mir wandern und strich sanft mit den Spitzen an meinem Bein entlang.

»Wie weit ist es denn noch? Mir wird allmählich schlecht von deiner Fahrweise!«, grummelte Andreas plötzlich vom Rücksitz. Ertappt zuckten wir beide zusammen. Hoffentlich hatte er nichts von unseren kleinen Berührungen mitbekommen.

»Also erstens, liegt das ganz sicher nicht an meiner Fahrweise, sondern daran, dass du dein Alkohollimit nicht kennst, mein Freund.

Und zweitens, brauchen wir mindestens noch eine halbe Stunde, bis wir euch zwei Schnapsnasen zu Hause abgeliefert haben«, erwiderte Sascha und warf seinem Kollegen einen finsteren Blick über den Rückspiegel zu.

»Oh Mann, könnt ihr beiden nicht einfach leise sein?«, maulte Sandra hinter mir und ich konnte mir ein Kichern nicht verkneifen.

»Das ist nicht lustig, Anni!«, beschwerte sie sich gleich darauf.

»Sorry«, erwiderte ich, bevor alle wieder in absolute Stille verfielen. Sascha und ich warfen uns ein diebisches Grinsen zu. Ja, obwohl uns die beiden leidtaten, freuten wir uns doch, dass wir den Morgen so friedlich zusammen hatten verbringen können.

Je näher wir Hallstatt kamen, desto unruhiger wurde ich. Der Gedanke, dass dieser Unbekannte nun wieder in meinem Leben und in dem meiner Freunde die Hauptrolle spielen würde, machte mich regelrecht krank!

Ich würde alles dafür geben, wenn dieser Albtraum endlich vorbei wäre! Nur, was sollte ich tun? Sascha schien meine Unruhe zu bemerken.

Seine Hand wanderte zielstrebig zu meiner und umschloss sie. Sanft drückte er sie und strich mit dem Daumen über meinen Handrücken. Dankbar lächelte ich ihn an. Er zwinkerte und drückte ein letztes Mal meine Hand, bevor er seine Aufmerksamkeit wieder auf die Straße vor uns lenkte.

Wenige Minuten später hielten wir vor Andreas' und Sandras Haus.

»So, da wären wir«, erklärte Sascha mit lauter Stimme, was ein leidvolles Murmeln von der Rückbank zur Folge hatte. Lachend stieg ich aus dem Wagen und half Sascha, die Koffer der beiden vor die Eingangstür zu stellen. Danach sorgten wir dafür, dass das frisch verlobte und total verkaterte Paar sicher ins Haus gelangte.

Sascha holte unsere beiden Taschen noch aus dem Kofferraum, schloss das Auto ab und brachte Andreas den Schlüssel. Anschließend machten wir uns auf den Weg zu seinem Haus, das zum Glück nur ein paar Gehminuten entfernt lag.

»Du weißt schon, dass ich nicht aus Glas bin und durchaus in der Lage, meine Tasche selbst zu tragen, oder?« Grinsend sah er mich an.

»Glaub mir, das weiß ich. Aber was wäre ich denn für ein Mann, der seine Frau ihre Taschen selbst tragen lässt?« Wie angewurzelt blieb ich stehen.

Seine Frau? *Seine* Frau?

»Anni? Alles okay?« Blinzelnd sah ich ihn an.

»Du … du hast gerade gesagt, dass …«, stotterte ich herum. Seufzend stellte er unsere Taschen ab und trat direkt vor mich. Seine großen Hände umfingen meine Wangen. Überfordert mit mir selbst sah ich ihn an.

»Ich habe gerade gesagt, dass du *meine* Frau bist, ja. Weil du das auch bist. Ich weiß, wir haben gesagt, dass wir es langsam angehen lassen. Aber, Anni, egal, wie lange wir warten, für mich bist und bleibst du *mein* Mädchen.« Seine Lippen streiften über meine.

»*Meine* Frau.« Erneut ein zartes Streicheln seiner Lippen.

»*Mein* Tollpatsch.« Ein kurzer Kuss.

»Und ich gehe nirgendwo hin, wo du nicht auch bist«, erklärte er und zog mich schließlich zu einem leidenschaftlichen Kuss an sich heran. Ich schmolz regelrecht gegen ihn. Welches Wesen auf diesem Planeten wollte so etwas nicht hören? Glücklich strahlte ich ihn an, als er meine Hand nahm, unsere Taschen in die andere, und wir die letzten Minuten zu seinem Haus überwanden.

Am nächsten Morgen weckte mich Sascha mit einem liebevollen Kuss auf die Stirn.

»Guten Morgen, Tollpatsch.« Noch ganz verschlafen blinzelte ich zu ihm auf, bevor ich meine Nase wieder an seiner Brust vergrub.

»Morgen«, murmelte ich. Sein Oberkörper vibrierte, als er leise lachte.

»Wie spät ist es?«, grummelte ich.

»Kurz nach halb sieben.« Unwillig stöhnte ich auf.

»Ich muss noch einiges erledigen, bevor ich heute nach Bad Ischl fahre.« Sascha seufzte unglücklich. »Musst du denn wirklich zu diesem Termin? Kannst du ihn denn nicht verschieben? Mir ist nicht wohl dabei, wenn du alleine fährst.« Mitfühlend sah ich ihn an.

Seine Miene wirkte gequält, das versetzte mir einen kleinen Stich. Beruhigend fuhr ich mit meinen Fingerspitzen über seine Brust.

»Ich passe auf mich auf, versprochen. Und ich melde mich jede halbe Stunde bei dir. Zumindest, wenn ich nicht mit gespreizten Beinen auf dem Untersuchungsstuhl sitze«, lachte ich und er runzelte die Stirn.

»Dein Frauenarzt ist doch hoffentlich eine Ärztin, oder?«, grummelte er, bevor er mich wieder an sich drückte.

»Ja ist sie. Und keine Sorge, ich bin seit meinem sechzehnten Lebensjahr bei ihr. Man kennt mich dort also schon und mir wird nichts passieren.« Sascha schien noch kurz mit sich zu ringen, bis er schließlich ein leises Seufzen hören ließ.

»Okay, Tollpatsch, du kannst fahren. Aber bitte melde dich zwischendurch bei mir. Ich muss jetzt los zur Arbeit. Du kannst, wie besprochen, mein Auto nehmen, der Schlüssel liegt draußen im Flur beim Spiegel.«
Ich nickte und gähnte noch einmal herzhaft.

»In Ordnung, danke. Pass auf dich auf, Schnösel.« Lächelnd gab er mir einen Kuss.

»Immer, Tollpatsch.« Mit diesen Worten stand er auf, um sich fertig zu machen. Als er das Haus verließ, rief er mir noch eine Verabschiedung zu. Noch eine Weile im Bett liegend ging ich meine Liste durch, die ich heute noch erledigen wollte. Fest stand, nach mehreren Diskussionen mit Sascha, auf jeden Fall meine heutige Routineuntersuchung bei meiner Frauenärztin in Bad Ischl. Da mein Auto gerade in der Werkstatt war, durfte ich mir das von Sascha ausleihen. Ansonsten standen nur noch der Haushalt und mein Buch auf dem Programm. Gähnend überredete ich mich schließlich aufzustehen und tapste in Saschas Badezimmer.

So produktiv, wie ich nur sein konnte, brachte ich den Tag hinter mich. Als ich mich auf den Weg nach Bad Ischl machte, hatte ich bereits die ganze Wäsche gewaschen, das Abendessen vorgekocht und sogar schon meine Anmerkungen für das Buchcover an meine Verlegerin geschickt. Gut gelaunt fuhr ich los.

Bei meinem Arzt begrüßte mich die junge Sprechstundenhilfe und wir plauderten eine Weile, bis Frau Doktor Bault mich aufrief.

»So, Frau Roger, dann wollen wir doch einmal sehen, ob auch alles noch an seinem Platz ist«, meinte sie und machte das Ultraschallgerät bereit.

Nach einigen Minuten war sie fertig und lächelte mich zufrieden an.

»Ja, das sieht alles sehr gut aus. Die Spirale liegt noch schön an ihrem Platz und sollte bei den Krebsabstrichen etwas herauskommen, melde ich mich bei Ihnen.« Ich bedankte mich, zog mich wieder an und verließ die Praxis. Da es bereits November war, war es in der Zwischenzeit schon dunkel geworden.

Eilig stieg ich in Saschas schwarzen Polo und drehte die Heizung auf. Ich tippte noch eine Nachricht:

Bin jetzt am Rückweg nach Hallstatt.
Bis gleich!
Kuss, dein Tollpatsch

Ich startete den Motor und wollte die Parklücke gerade verlassen, als mein Handy piepste. Eine Antwort von Sascha:

Wir müssen für zwei Kollegen einspringen. Werde also nicht vor Mitternacht zu Hause sein.
Fahr vorsichtig!
Kuss, dein Schnösel

Ein wenig enttäuscht seufzte ich, doch ich hatte ja bereits von Anfang an gewusst, wie die Dienste eines Polizisten sein konnten. Hatte ich es doch oft genug bei Andreas und Sandra miterlebt. Die Musik laut aufgedreht machte ich mich auf den halbstündigen Heimweg.

Es waren nicht viele Autos unterwegs. Nur ein großer Pick-Up folgte mir seit wenigen Kilometern, doch auch als er fünfzehn Minuten später noch immer hinter mir war, wunderte mich das nicht. Richtung Hallstatt gab es nur diese eine Straße und so konnte es schon einmal passieren, dass man sehr lange hintereinander herfuhr.

Kurz vor einer der vielen Linkskurven gab er jedoch plötzlich Gas und überholte mich.

Kopfschüttelnd hielt ich meine Geschwindigkeit und wartete darauf, dass er vorbeifahren würde. Doch das tat er nicht. Gerade, als ich mich zu ihm drehen wollte, sah ich plötzlich aus dem Augenwinkel das Auto auf mich zukommen.

Nicht zu einer Reaktion fähig spürte ich nur noch einen harten Aufprall, bevor ein weiterer folgte und das Auto zum Stillstand kam. Benommen versuchte ich mich zu orientieren, doch als ich versuchte, den Kopf zu heben, wurde alles schwarz um mich herum.

KAPITEL 23

Sascha

»Willst du auch noch einen Kaffee?«, fragte Andreas, als er mit seinem Häferl in der Hand aufstand. Ich schüttelte den Kopf.

»Nein, danke.« Ich wollte nur noch nach Hause zu Anni. Sie saß jetzt bestimmt schon vor dem Fernseher, eingekuschelt in eine der vielen Decken. Was würde ich dafür geben, bei ihr sein zu können!

Mein Gott, ging es eigentlich noch kitschiger? Früher hatte ich mich auf jede Überstunde gestürzt, die ich kriegen konnte. Und jetzt? Jetzt wollte ich nur noch nach Hause und mein Mädchen in die Arme nehmen. Zum Glück hatten wir Andreas noch nichts erzählt. Der Kerl wäre sonst wohl unausstehlich.

Als eben dieser wieder zur Tür hereinkam und ansetzte, etwas zu sagen, meldete die Zentrale per Funk einen Autounfall auf der Hallstätter Landesstraße. Kurz nach dem Tunnel dürfte ein Lenker die Kontrolle über sein Fahrzeug verloren haben und war von der Fahrbahn abgekommen. Die Rettungskräfte waren bereits informiert und auf dem Weg.

»Das übernehmen Lars und Maja, die zwei sind so oder so gerade unterwegs«, winkte Andreas ab und setzte sich wieder mir gegenüber.

»Also, gehen wir noch einmal alles durch«, meinte ich und kramte meine Notizen über Annis Fall hervor.

»Wie oft sollen wir das denn noch durchkauen? Wir haben keinen einzigen Anhaltspunkt! Auch das Labor hat nichts gefunden.« Frustriert schlug ich mit der Hand auf den Tisch.

»Aber ich kann doch nicht einfach hier sitzen und warten, bis wieder etwas passiert, verdammt!« Traurig sah mein Kollege mich an.

»Ich fürchte, das ist im Moment die einzige Möglichkeit, die wir haben, Sascha.«

»Scheiße«, murmelte ich, da ich zugeben musste, dass er Recht hatte.

Eine weitere viertel Stunde verging quälend langsam, als plötzlich mein Diensthandy läutete. »Es ist Lars«, teilte ich Andreas überrascht mit.

»Oh bitte, sag mir nicht, dass wir noch länger hier festsitzen!«, stöhnte er müde und gähnte herzhaft, während ich abhob.

»Hallo Lars, was gibt's?« »Sascha«, entgegnete Lars mit unglaublich ernstem Ton. Da er sonst eine ebenso große Spaßkanone war wie Andreas, beunruhigte mich sein Verhalten sofort.

»Was ist los?« Andreas sah mich neugierig an. »Sascha, wir … wir wurden zu der Unfallstelle am Ende des Hallstatttunnels gerufen«, begann er.

»Ich weiß, und? Braucht ihr Unterstützung vor Ort?«

»Nein, es …« Wieder seufzte er. »Sascha, der Unfallwagen ist auf dich zugelassen.« Die Kälte, die mir augenblicklich in sämtliche Knochen glitt, war nichts im Vergleich zu den Horrorbildern, die vor meinem geistigen Auge auftauchten. Anni! Sie war die Unfalllenkerin! Scheiße! Was war passiert?

»Die Lenkerin wird gerade von den Kollegen vom Roten Kreuz versorgt. Sie ist bewusstlos und hat eine Platzwunde auf der Stirn. Laut ihrem Ausweis handelt es sich um …«

»Annika Roger«, beendete ich seinen Satz, meine Stimme vollkommen emotionslos.

»Ja, das ist sie«, bestätigte er und mir wurde noch kälter.

»Anni ist meine …« Ein kurzer Blick zu Andreas bremste mich. »… meine vorübergehende Mitbewohnerin und auch eine gute Freundin.«

»Was ist mit Anni?«, fragte Andreas nervös, doch ich brachte ihn mit einer Handbewegung zum Schweigen. »Okay. Die Kollegen meinen, sie ist so weit stabil. Sie bringen sie ins Klinikum nach Bad Aussee. Falls du dort auch hinmöchtest.«

»Ja, danke, Lars.« Ich wollte gerade auflegen, als er nochmals meinen Namen sagte.

»Ja?« Kurz schwieg er. »Sascha, unter uns, ich glaube nicht, dass sie den Unfall verschuldet hat.«

»Wie kommst du darauf?«, fragte ich stirnrunzelnd und Lars antwortete leise: »Weil auf der Fahrerseite Spuren zu sehen sind, die nicht zu der Art und Weise passen, wie der Unfall passiert sein soll.«

»Du meinst damit …« »Ja. Ich glaube, dass sie von der Straße abgedrängt wurde.« Scheiße! Mir blieben die Worte im Hals stecken und ein kalter Schauer lief mir den Rücken herunter. Ohne ein weiteres Wort legte auf. Schwer atmend sah ich zu Andreas.

»Der Mistkerl hat sie schon wieder erwischt! Komm, wir müssen nach Bad Aussee.«

Andreas stellte bei der Fahrt ins Klinikum einen neuen Rekord auf. Statt fünfundzwanzig Minuten brauchten wir nur fünfzehn, bis wir auf den Parkplatz fuhren. Ich hatte ihm kurz geschildert, was passiert war.

Auf seine Fragen hatte ich nicht geantwortet. Ich musste zuerst wissen, dass es ihr gut ging, bevor ich mich wieder auf irgendetwas anderes konzentrieren konnte. Auf direktem Weg gingen wir zum Auskunftsschalter.

»Hallo. Vor kurzem müsste eine Annika Roger mit der Rettung eingeliefert worden sein. Sie hatte einen Autounfall in der Nähe von Hallstatt«, ratterte ich alle Informationen herunter, die ich hatte. Die Krankenschwester sah zwischen Andreas und mir hin und her.

»Und Sie sind dienstlich hier oder …?«, fragte sie und deutete auf unsere Uniformen.

»Nein, wir sind ihre Familie«, schaltete sich Andreas ein. »Ich bin ihr Bruder und er ist ihr Verlobter. Würden Sie uns jetzt also bitte endlich sagen, wo wir sie finden können?«, bat er, bereits ein wenig genervt, was mir jedoch nur recht sein sollte.

»Sie ist noch bei den Untersuchungen. Folgen Sie einfach der gelben Linie da auf dem Boden bis zum nächsten Wartezimmer. Dort wird man Ihnen Bescheid geben, sobald sie fertig ist.«

»Dankeschön!«, erwiderte ich. Wir folgten der gelben Linie bis zu einem Raum mit einem Snackautomaten, einem Wasserspender und mehreren Sesseln. Auf diesen ließen wir uns nieder.

Ich vergrub das Gesicht in meinen Händen. Andreas legte mir tröstend eine Hand auf die Schulter.

»Hey, es wird alles schon wieder gut werden. Du kennst doch Anni. Die lässt sich so leicht von nichts unterkriegen.«

»Ich weiß«, erwiderte ich seufzend. »Ich denke einfach nur, wenn ich sie nicht allein hätte fahren lassen, dann wäre das vielleicht gar nicht erst passiert!« Verzweifelt ließ ich den Kopf wieder fallen.

»Du hättest daran nichts ändern können, Sascha! Im schlimmsten Falle wäre euch beiden etwas passiert. So kannst du nun wenigstens auf sie aufpassen.« Ein bitteres Lachen entkam mir.

»Ich hätte schon die ganze Zeit auf sie aufpassen sollen! Was mache ich stattdessen? Ich lasse zu, dass er bei ihr einbricht, sie Treppen hinunterstößt, ihr Drohbotschaften schickt und sie jetzt auch noch ins Krankenhaus befördert! Ein toller Freund bin ich!« Andreas seufzte leise.

»Sascha, du bist das Beste, das Anni passieren konnte. Ich habe sie selten so fröhlich gesehen wie mit dir. Glaub mir, du bist gut für sie. Und so, wie ich das sehe, ist sie auch gut für dich.« Überrascht sah ich meinen Kollegen an. Dieser grinste von einem Ohr zum anderen.

»Was? Denkt ihr etwa wirklich, ihr könntet das vor uns verheimlichen? Ich hatte vielleicht einen Kater wie schon seit Jahren nicht mehr, aber euer Händchenhalten gestern im Auto und diese Blicke zwischen euch habe ich sehr wohl bemerkt, mein Lieber!« Leise lachend fuhr ich mir übers Gesicht.

»Wir waren wohl nicht sehr subtil, was?«

»Nein, absolut nicht.« Eine Stille überfiel uns, bis eine Stunde später endlich eine Ärztin zu uns kam.

»Guten Abend. Sind Sie die Familie von Annika Roger?« Zeitgleich sprangen wir von unseren Stühlen.

»Ja, sind wir. Ich bin ihr Verlobter. Wie geht es ihr? Können wir sie sehen?« Freundlich lächelnd gab sie uns die Hand.

»Es geht ihr den Umständen entsprechend gut. Sie hat einige blaue Flecken, ein geprelltes Handgelenk sowie ein geprelltes Knie und eine oberflächliche Platzwunde auf der Stirn. Da beide Airbags des Autos ausgelöst wurden, haben wir auch ein CT mit Kontrastmittel gemacht.

Wir konnten innere Verletzungen ausschließen, was bedeutet, dass Frau Roger wirklich Glück im Unglück hatte. Sie wartet noch auf den schriftlichen Befund und auf das Rezept für einige Schmerzmittel. Danach können Sie sie wieder mit nach Hause nehmen.« Ein ganzer Felsbrocken fiel von mir ab, als ich ihre Worte hörte.

»Danke, Frau Doktor! Vielen Dank!«, sagte ich und schüttelte ihr erneut die Hand.

»Nichts zu danken. Passen Sie gut auf Ihre Verlobte auf.«

»Das werde ich, versprochen!« Daraufhin verabschiedete sie sich von uns und ging wieder zurück auf die Station. Erleichtert ließ ich mich auf den Sessel hinter mir fallen. Andreas nahm erneut neben mir Platz.

»Verlobte … klingt doch gut, oder?«, fragte er mich plötzlich grinsend. Mit einem Lachen antwortend, das den ganzen Stress und alle Sorgen der letzten zwei Stunden von mir abwusch, stieß ich ihn sanft mit dem Ellbogen an.

»Halt die Klappe, du Idiot!«

KAPITEL 24

Anni

»So, Frau Roger, hier Ihr Befund und das Rezept. Holen Sie sich die Medikamente am besten gleich morgen Früh, Sie werden sie brauchen.«

Dankbar lächelte ich die Schwester an und reichte ihr die Hand.

»Vielen Dank, das werde ich machen.« Mit diesen Worten war ich endlich entlassen. Die Frage war nur, wie kam ich jetzt von Bad Aussee wieder nach Hallstatt? Mein Handy hatte keinen Akku mehr, das hatte ich bereits im Rettungswagen bemerkt, als ich wieder zu Bewusstsein gekommen war.

Ich konnte also niemanden anrufen, denn selbst, wenn ich vom Krankenhaus aus telefonieren könnte, wusste ich keine Nummer auswendig.

Vielleicht war Sascha noch auf dem Revier und ich konnte ihn dort erreichen? Die Nummer der Station müsste ja eigentlich herauszufinden sein.

Grübelnd öffnete ich die Tür zum Wartebereich.

»Anni!« Wie angewurzelt blieb ich stehen und sah überrascht auf. Sascha kam auf mich zugestürzt und schloss mich in seine Arme.

»Gott sei Dank, dir geht's gut! Dir geht's gut«, flüsterte er immer wieder wie ein Mantra vor sich hin. Erleichtert, nicht mehr allein zu sein, schlang ich auch meine Arme um ihn.

»Es tut mir so leid!«, schniefte ich und konnte die aufsteigenden Tränen nicht mehr zurückhalten.

»Ich schwöre dir, ich dachte, er wollte mich nur überholen! Hätte ich früher mitbekommen, was er vorhatte, dann wäre ich ...« Sascha löste sich von mir, doch nur, um sanft mein Gesicht mit seinen Händen zu umschließen.

»Hey, hey! Du brauchst dich doch für nichts zu entschuldigen! Du kannst absolut nichts dafür!« Durch einen Tränenschleier hinweg sah ich zu ihm auf.

»A-aber dein Auto! Ich ... ich habe dein Auto zu Schrott gefahren! Sascha es tut mir so ...« Ohne auf meine Worte zu reagieren, presste er beinahe schon verzweifelt seine Lippen auf meine. Sehnsüchtig erwiderte ich den Kuss. Als er sich wieder von mir löste, sah er mir ernst in die Augen.

»Süße, mir ist das Auto doch scheißegal! Du bist mir wichtig! Himmel, hast du eine Ahnung, was für Sorgen ich mir gemacht habe, als mein Kollege mich angerufen und mir mitgeteilt hat, was passiert ist? Ich kann dir gar nicht sagen, wie erleichtert ich bin, dich wieder bei mir zu haben!«

Ein ersticktes Lachen entkam meiner Kehle und ich kuschelte mich erneut fest an ihn. Eine Weile standen wir fest ineinander verschlungen da, bis mir etwas einfiel.

»Wie bist du überhaupt hierhergekommen? Ich hatte doch dein Auto.«

»Das ist dann wohl mein Stichwort!« Erschrocken versteifte ich mich in Saschas Armen, als ich Andreas' Stimme hörte. Wir hatten uns vor ihm umarmt! Scheiße! Wir hatten uns vor ihm geküsst! Verdammt! So viel zu *wir wollten es geheim halten* ... Sascha ließ mich nur widerwillig los, da mich nun Andreas umarmen wollte.

»Du hast uns beiden einen ganz schönen Schrecken eingejagt, Kleine. Mach so etwas bitte nie wieder!

Ich dachte, der hier kippt mir gleich um, als er den Anruf bekam!«, sagte er und ich lachte.

»So schlimm war es nun auch wieder nicht«, murmelte Sascha hinter ihm. Daraufhin ließ Andreas mich los und sah seinen Freund mit hochgezogener Augenbraue an.

»Hätte ich dir einen Spiegel vorgehalten, hättest du vermutlich geglaubt, du siehst ein Gespenst. So kreidebleich warst du!«, erklärte er. Sascha seufzte genervt und zog mich sanft wieder an seine Seite.

»Wie auch immer. Bringen wir Anni lieber nach Hause.«

»Okay, aber ihr macht nicht schon wieder in meinem Auto rum!« Mit einem breiten Grinsen sah er mich an.

»Ganz recht! Ich habe euer Händchen halten gestern auf der Heimfahrt sehr wohl bemerkt!« Ich fühlte, wie sich ein leichter Rotschimmer auf meinen Wangen ausbreitete.

»Hey«, sagte Andreas sanft, »ich freue mich sehr für euch beide!« Dankbar lächelte ich und Sascha drückte mir einen Kuss auf den Scheitel.

»Komm, bringen wir dich nach Hause, Tollpatsch.«

Sandra erwartete uns bereits vor Saschas Haus, als wir vorfuhren. Sie kam zu mir gelaufen und half mir vorsichtig beim Aussteigen.

»Du machst mich wirklich fertig, Anni! Bei deiner Unfallquote packen wir dich am besten dick in Luftpolsterfolie ein und setzen dich in einen Raum mit Schaumstoffwänden!«

»Sag doch gleich Zwangsjacke und Gummizelle dazu«, murmelte ich ächzend vor mich hin, während ich mich aus dem Auto quälte. Sascha schob Sandra sanft zur Seite und half mir.

»Das wäre vielleicht gar keine so schlechte Idee, muss ich zugeben. Dann brauche ich mir wenigstens keine Sorgen um dich zu machen, wenn ich arbeiten bin, Tollpatsch.« Genervt warf ich Sandra, zu der sich Andreas gesellt hatte, einen Blick zu.

»Na toll, jetzt hast du ihn auf dumme Gedanken gebracht!« Die beiden Männer lachten, während mich Sascha mit einem Arm um meine Taille stützte und mir einen Kuss auf die Stirn gab.

»Einen Moment mal!«, rief Sandra plötzlich aus. Überrascht sahen wir zu ihr. Sie deutete mit offenem Mund und großen Augen zwischen Sascha und mir hin und her.

»Wann ist *das* denn passiert? So lange wart ihr doch gar nicht weg! Verdammt, wir haben uns gestern doch noch gesehen! Was …?« Andreas legte ihr seine Hand vor den Mund, während Sascha und ich leise über ihre Reaktion kicherten.

»Wir sollten die beiden wohl ein wenig allein lassen. Es war ein anstrengender Abend«, meinte Andreas sanft, doch ich traute dem Braten nicht. Wenn er diese Gelegenheit, uns zu ärgern, nicht wahrnehmen würde, müsste ich ihn wohl einweisen lassen. Denn das wäre absolut untypisch für Andreas!

»Was hältst du davon, wenn wir jetzt nach Hause fahren, eine Flasche von deinem Lieblingswein öffnen und ich dir gemütlich auf unserer Couch und in aller Ruhe jedes noch so schmutzige Detail über unser neues Traumpaar berichte, hm?« Ich verdrehte die Augen. Hatte ich es nicht gesagt?

»Wein und Klatsch und Tratsch klingen gut«, murmelte Sandra unter Andreas' Hand hervor, die er daraufhin wegzog.

»Na dann, nichts wie ins Auto mit dir, meine Schöne! Wir dürfen keine Zeit verlieren, wenn wir diese Nacht noch fertig werden wollen!«

Nach einer vorsichtigen Umarmung verabschiedeten sich die beiden von uns und wir sahen dem Auto noch eine Weile nach.

»Was hast du Andreas erzählt?«, wandte ich mich ein wenig beunruhigt an den Mann neben mir, doch der zuckte nur mit den Schultern.

»Vermutlich nicht einmal genug für fünf Minuten Tratsch. Den Rest wird er sich wohl zusammenspinnen.«

Frustriert seufzte ich.

»Das ist ja noch schlimmer!« Mitleidig lächelnd führte Sascha mich zum Haus. Drinnen angekommen bugsierte er mich direkt ins Bett, half mir in meine Schlafklamotten und packte mich in die Decke ein wie einen Burrito.

»Fühlst du dich so wohl? Hast du irgendwo Schmerzen? Brauchst du vielleicht …«

»Du weißt aber schon, dass ich nicht sterbenskrank bin, oder?«

»Ja, das weiß ich, aber wenn der Kerl dich nur ein wenig anders erwischt hätte, hättest du heute … du hättest heute sterben können. Und das …«
Er schluckte schwer und sah zur Seite. Umständlich befreite ich meine Hand aus der Decke und zog ihn neben mich aufs Bett. So fest ich konnte, ohne mir selbst wehzutun, kuschelte ich mich an ihn.

Er vergrub sein Gesicht in meiner Halsbeuge und schloss seine Arme um mich. Rhythmisch strich ich immer wieder über seinen Hinterkopf. Niemand sprach ein Wort. Eine angenehme Ruhe breitete sich in mir aus und mir fielen langsam die Augen zu.

»Anni?«, hörte ich Sascha flüstern, kurz bevor ich endgültig einschlief.

»Hm?«

Er schwieg für einige Sekunden. »Wenn … wenn ich dich heute verloren hätte, würde ich das nicht überleben. Ich könnte das nicht noch einmal …«

Seine Worte rührten und verwirrten mich zugleich. Doch bevor ich ernsthaft überlegen konnte, was er mir damit sagen wollte, driftete ich ins Land der Träume ab.

Sascha

Ich schlief nur wenige Stunden in dieser Nacht. Anni in meinen Armen zu halten, half mir zwar ein wenig, mich zu beruhigen, aber der Schock über ihren Unfall und die Bilder, die sich in meinem Kopf geformt hatten, hielten mich wach.

Ich war mir nicht sicher, ob sie mein Geständnis noch gehört hatte, aber ich wusste, ich würde ihr sehr bald schon reinen Wein einschenken müssen.

Ich musste ihr von Nicole erzählen.

KAPITEL 25

Anni

Je mehr ich mir wünschte ewig mit Sascha in unserer kleinen Blase weiterleben zu können, umso schneller hatte uns der Alltag wieder eingeholt. Er ging wieder seinem Job nach.

Diese Woche kam er auch um die Nachtdienste nicht herum, und ich half in der Bäckerei und im Café aus. Zwischendurch arbeitete ich mit Hochdruck an der Fertigstellung meines neuesten Buchs. Mir blieben nur noch knapp vier Wochen bis zur Veröffentlichung. Doch endlich konnte ich die letzten Seiten kontrollieren und an meine Lektorin zur erneuten Durchsicht schicken.

Glücklich ließ ich mich an diesem Freitagabend in meinem Stuhl zurücksinken, nachdem ich ihr die E-Mail geschickt hatte. Lächelnd griff ich nach meinem Handy und begann zu tippen:

Das Manuskript ist endlich raus!

Jetzt heißt es warten. Bin schon auf das finale Cover gespannt!

Wie läuft deine Nachtschicht?

Kuss, dein Tollpatsch

Keine Minute später erhielt ich eine Antwort:

Super, gratuliere! Das müssen wir feiern, wenn ich nach Hause komme, oder? ;-)

Alles gut, bisher erst zwei kleine Einsätze, sind aber jetzt seit einer Stunde wieder auf der Station und arbeiten den Papierkram ab.

Vermisse dich!

Kuss, dein Schnösel

Kopfschüttelnd legte ich das Handy wieder beiseite. Gerade wollte ich meinen Laptop schließen, als mir eine Nachricht im Spamordner meines Mailprogramms auffiel. Vielleicht war das schon der neue Coverentwurf? Diese E-Mails landeten bei mir leider häufiger dort. Gespannt klickte ich darauf und runzelte bei dem Betreff die Stirn.

»Nächstes Mal«, las ich unruhig und öffnete die Mail, »trifft es den Richtigen«, stand dort in großer Schrift. Erschrocken schnappte ich nach Luft. Es erschienen mehrere Fotos von mir und Sascha. Wir, während unseres Ausflugs nach Salzburg. Vertraut im Stammbräu, küssend auf der Brücke und vor dem Hotel. Im Wohnzimmer, während wir zusammen fernsahen. Fotos von Sascha, während seiner morgendlichen Laufrunde und zum Schluss Bilder des Unfalls. Mir wurde übel! So schnell ich konnte lief ich ins Badezimmer und übergab mich. Schwer atmend und mit Tränen überströmten Wangen lehnte ich mich an die kühle Fliesenwand. Verzweifelt schluchzte ich in die Stille meiner Hütte hinein. Der Kerl beobachtete uns. Und er wusste von Sascha und mir! Was wenn …

»Nächstes Mal trifft es den Richtigen«, wiederholte ich flüsternd den Satz.

Scheiße! Hatte er bei dem Unfall etwa beabsichtigt, nicht mich, sondern Sascha zu erwischen?

»Was … aber was haben wir ihm getan?«, schluchzte ich verzweifelt und vergrub das Gesicht in den Händen. Ich musste Sascha beschützen, um jeden Preis! Noch nie war mir ein Mensch in so kurzer Zeit so wichtig geworden wie er.

Er musste in Sicherheit sein. Die Frage war nur, wie?

KAPITEL 26

Sascha

»Und? Gibt es schon irgendetwas Neues von diesem Verrückten?«, richtete Andreas das Wort an mich, während er immer wieder einen kleinen Jonglier-Ball in die Luft warf und auffing. Wir waren mit unseren Berichten vor einer Stunde fertig geworden und warteten nun auf den nächsten Einsatz.

»Nein, bisher nicht. Zum Glück! Anni scheint mir trotzdem mit jedem Tag, der vergeht, unruhiger zu werden.«

»Das ist verständlich. Niemand weiß, was der Kerl als nächstes vorhat.« Schweigend nickte ich.

»Wie geht es dir denn eigentlich damit?«, wandte er sich erneut an mich. Verwirrt sah ich ihn an. »Was meinst du?«

»Naja, wenn Sandra an Annis Stelle wäre, würde ich keine ruhige Minute mehr haben, bis der Kerl endlich gefasst wäre. Wobei, da Anni meine beste Freundin ist, habe ich auch so keine ruhige Minute mehr. Da will ich mir eigentlich gar nicht ausmalen, wie du dich fühlst.« Ja, das war eine gute Frage. Wie ging es mir damit, dass mein Mädchen bedroht wurde und ich den Kerl einfach nicht zu fassen bekam? *Mein Mädchen*. Bei dem Gedanken musste ich lächeln.

Seitdem wir vor drei Wochen aus Salzburg zurückgekommen waren, versuchten wir zwar, unseren Alltag so weit wie möglich normal zu gestalten, doch jede freie Minute, die wir hatten, verbrachten wir zusammen.
Wir schliefen auch weiterhin zusammen in meinem Bett, aber mehr war zwischen uns bisher noch nicht passiert. Wenn ich, so wie heute, eine Nachtschicht hatte, schlief sie trotzdem in meinem Bett. Allein die Vorstellung davon, dass sie jeden Abend dort lag, ließ mich vor Freude tanzen.

»Erde an Sascha! Bekomme ich auch eine Antwort?«

Blinzelnd sah ich meinen Kollegen an. »Sorry, was war nochmal die Frage?« Genervt verdrehte er die Augen.

»Ich wollte wissen, wie es dir mit dem Gedanken geht, dass dieser Wahnsinnige da draußen hinter Anni her ist.« Ich atmete schwer ein.

»Beschissen, um ehrlich zu sein«, sagte ich schließlich und sah zur Decke hinauf. »Ich meine, sie ist mir verdammt wichtig und der Gedanke, dass dieser Kerl wieder so etwas wie das mit den Treppen oder dem Auto versuchen könnte …« Ich schüttelte den Kopf, um die Bilder zu vertreiben, die sich bei meinen Worten bilden wollten.

»Ich möchte ihn endlich schnappen! Es kann doch nicht sein, dass es keine verwertbaren Spuren gibt! Irgendwann muss er doch einen Fehler machen, oder?« Andreas hatte seinen Ball beiseitegelegt und sah mich ernst an.

»Genau das ist es, was mich auch in den Wahnsinn treibt! Dass es keine Anhaltspunkte gibt. Nicht bei ihren Ex-Freunden, keine Fingerabdrücke auf dem Brief, in ihrem Haus oder auf dem Messer. Kein Hinweis zu dem Auto, einfach gar nichts. Als wäre der Typ ein Geist, verdammt nochmal!
Wenn er wenigstens den Hauch eines Fehlers machen würde. Aber nein, nichts! Es scheint fast so, als wäre er uns immer mehrere Schritte voraus!«

Verzweifelt fuhr ich mir durch die Haare.

»Okay, und wenn wir unsere Zeit bis zum nächsten Einsatz nutzen und nochmal alles durchgehen? Vielleicht fällt uns mit den neuen Sachen ein Zusammenhang auf, der zuvor noch nicht da war?« Müde sah mich mein Kollege an.

»Na dann, fangen wir nochmal von vorne an.«

Hundemüde schleppte ich mich in der Morgendämmerung die Treppen zu meiner Eingangstür nach oben. Ein freudiges Lächeln legte sich auf meine Lippen, als ich an Anni dachte, die noch selig in meinem Bett schlummerte und zu der ich mich gleich gesellen konnte. Um sie nicht zu wecken, schloss ich leise die Haustür auf und schlüpfte ins Badezimmer. Nach einer raschen Dusche und dem Zähneputzen, schlich ich zur geschlossenen Tür meines Schlafzimmers. Doch kaum hatte ich sie geöffnet, blieb ich stirnrunzelnd stehen. Das Bett war leer. Es schien sogar gänzlich unberührt zu sein!

»Anni?«, rief ich in die Stille des Hauses hinein. Als ich jedoch keine Antwort bekam, rannte ich los. Ich durchsuchte jeden Winkel des Hauses, fand aber nichts. Und mit nichts meinte ich, wirklich nichts! Denn nicht nur Anni blieb wie vom Erdboden verschluckt, auch all ihre Sachen waren weg.
Der Teil meines Kleiderschranks, den ich für sie freigemacht hatte? Leer.
Die Schubladen im Badezimmer? Leer.

»Verdammte Scheiße!«, brüllte ich, und ohne zu überlegen schlüpfte ich in Jeans, T-Shirt und Schuhe, griff nach Handy und Schlüssel und lief zur Tür hinaus. So schnell mich meine Beine trugen, lief ich zu Annis Hütte.

»Anni!« An ihrer Tür angekommen klopfte ich wie wild dagegen.

»Anni! Wenn du da bist, mach bitte die Tür auf!« Doch ich bekam keine Reaktion.

»Verdammt!« Erneut lief ich los. Gleichzeitig wählte ich Andreas' Nummer. Erst beim dritten Versuch hob er endlich ab.

»Hast du mal auf die Uhr gesehen, Kollege? Wir hatten vor einer halben Stunde Dienstschluss!« Ohne auf seinen bissigen Ton einzugehen, brachte ich keuchend die Worte »Anni ist verschwunden« hervor.

Das brachte mir Andreas' volle Aufmerksamkeit ein.

»Was? Was meinst du mit verschwunden?«

»Ich kam nach Hause und sie und sämtliche ihrer Sachen waren weg! In der Hütte ist sie auch nicht und jetzt bin ich gerade auf dem Weg zu ihrem Haus. Bitte sag mir, dass du etwas von ihr gehört hast!« Endlich bei den Stiegen angekommen, die zu ihrem Balkon und dann zum Eingang führten, sank mir das Herz immer weiter, als ich hörte, dass weder Sandra noch Andreas etwas wussten.

Bei Annis Balkon angekommen warf ich einen Blick in ihr Wohnzimmer, doch keine Spur von ihr. Fluchend lief ich zu ihrem Vorgarten und klopfte wie verrückt an die Tür.

»Und?«, drang Andreas' unruhige Stimme an mein Ohr. Ich klopfte erneut. Meine Unruhe stieg beinahe ins Unermessliche, als sich nichts rührte.

»Sie ist nicht da.« Erschrocken drehte ich mich zu der Stimme um und entdeckte Annis Nachbarin mit ihrem Hund.

»Wissen Sie, wo sie ist?« Die Verzweiflung war mir deutlich anzuhören.

»Leider nein. Ich habe sie heute sehr früh mit einem Koffer in ein Taxi einsteigen sehen.« Am Handy fluchte Andreas.

»Wissen Sie den Namen der Taxifirma?«

Zu meinem Bedauern schüttelte sie den Kopf.

»Leider nicht. Aber hier gibt es eigentlich nur ein Taxiunternehmen. Taxi Hallstatt. Versuchen Sie es dort einmal, vielleicht haben Sie Glück.« Eilig bedankte ich mich und lief wieder los.

»Hast du alles verstanden, Andreas?«

»Ja, habe ich. Ich kenne die Taxler recht gut. Ich mache mich gleich auf den Weg dorthin.« Damit legte er auf und ich war wieder allein. Mit jeder Sekunde, die verging, wurden die Bilder vor meinem inneren Auge klarer und die Stimmen immer lauter. Ich musste sie finden. Ich musste sie beschützen! Ihr durfte nichts passieren! Nicht noch einmal!

So schnell ich konnte lief ich los, übersah dabei jedoch einen Mann und stieß frontal mit ihm zusammen.

»Entschuldigung, ich habe Sie nicht gesehen!«, sagte ich und wollte weiter. Die Antwort des Mannes hörte ich nicht mehr vollständig, aber ich bildete mir ein etwas wie

»Aber ich habe dich gesehen« gehört zu haben. Kopfschüttelnd konzentrierte ich mich wieder auf meinen Weg. Solche Spinner begegneten mir in meinem Dienst jeden Tag, da brauchte ich nicht auch noch welche in meiner Freizeit. Herauszufinden, wo mein Mädchen war und sie wieder sicher und gesund nach Hause zurückzubringen, hatte jetzt oberste Priorität!

Keuchend kam ich wenig später vor der Taxizentrale an. Andreas wartete bereits auf mich.

»Hey, tief Luft holen! Nicht, dass du mir noch umkippst.« Ich versuchte es. Ich versuchte es wirklich, aber die Bilder vor meinem inneren Auge schnürten mir die Kehle zu.

Noch immer tief Luft holend bedeutete ich Andreas voranzugehen. Dieser beäugte mich skeptisch, bevor er schließlich nickte und das Gebäude betrat.

Zum Bahnhof. Das war die einzige Information, die uns der Taxler geben konnte, mit dem Anni gefahren war. Er hatte sie beim Haus ihrer Großeltern abgeholt. Sie hatte einen großen Koffer und ihre Handtasche dabeigehabt. Während der Fahrt hatte sie kein einziges Wort mit ihm gesprochen.

Scheiße, so kamen wir nicht weiter! Noch nicht einmal Andreas hatte auch nur die leiseste Ahnung, wo sie hingefahren sein könnte. Anni hatte keine Verwandten mehr. Ihr ganzes Leben befand sich in Hallstatt. Wo zur Hölle sollte sie also hin?

Völlig fertig ging ich mit Andreas zurück zu meinem Haus.

»Geh schlafen, Sascha. Es bringt absolut nichts, wenn du völlig übermüdet nach ihr suchen willst. Wir haben die nächsten zwei Tage frei. Sandra auch. Zu dritt finden wir sie schon, aber dafür müssen wir alle fit sein.«

Ich wusste ja, dass er recht hatte. Aber der Gedanke, allein in meinem Haus sein zu müssen und sie nicht dort drinnen in meinem Bett oder auf der Couch im Wohnzimmer vorzufinden, schmerzte wie hunderte Messerstiche.

Ich musste es wissen, hatte ich in meinen Dienstjahren doch schon die ein oder andere Wunde von einem Messer zugefügt bekommen.

»Wir schlafen jetzt alle erst einmal ein paar Stunden und dann kommen wir bei dir vorbei. Dann suchen wir sie richtig. Es ging ihr ja offenbar gut und irgendeine Spur muss sie ja hinterlassen haben«, redete mein Partner weiter auf mich ein. Ich hätte ihm nur zu gerne geglaubt, doch auch, wenn ich Anni noch nicht so lange kannte wie er, wusste ich eines. Diese Frau machte keine halben Sachen.

Ihr bester Freund war Polizist. Sie kannte sämtliche Tricks, die wir einsetzen konnten. Das war mir spätestens bei ihrem zweiten Buch klar geworden.

»Sascha? Ist es okay für dich, wenn wir um ein Uhr zu dir kommen?« Kraftlos nickte ich und fischte meine Hausschlüssel aus der Hosentasche.

»Okay, dann bis später«, verabschiedete sich Andreas, doch ich hatte keine Kraft zu antworten. Ich hörte ihn über den Kiesweg gehen, der zu meinem Haus führte, und hielt inne. Wenn ich jetzt die Tür aufschloss, würde sie nicht da sein. Ich wäre allein. Schon wieder.

KAPITEL 27

Anni

Ich hasste Regen. Nein, so ganz stimmte das nicht. Ich hatte kein Problem mit Regen, Stürmen oder Gewittern. In meiner Hütte tat ich nichts lieber, als mit einer Decke und einem Tee in meinem Hängesessel zu sitzen und das Naturschauspiel durch meine riesige Glasfront zu beobachten.

Nicht nur einmal hatte ich mir in den letzten Wochen vorgestellt, dieses Ereignis zusammen mit Sascha zu erleben. In meiner Fantasie wären wir beide eng aneinander im Bett eingekuschelt gewesen, hätten Pizza gegessen und uns über Gott und die Welt unterhalten.

Bei seinem Namen zuckte ich unwillkürlich zusammen. Ich war erst vier Tage weg und vermisste ihn schon so sehr, dass es schmerzte. Ihn einfach so ohne ein weiteres Wort zu verlassen war das Schwerste, das ich je tun musste.

Aber ich hatte mir geschworen, ihn zu beschützen. Also war mir keine andere Wahl geblieben, als zu gehen. Ich hoffte nicht, dass es für immer sein musste. Immerhin hatte ich in Hallstatt mein gesamtes Leben. Aber zumindest für eine ganze Weile würde ich nicht mehr dorthin zurückkehren können. Und in nicht einmal mehr drei Wochen stand die Veröffentlichung meines neuen Buchs auf dem Programm. Dafür wurde extra ein Event veranstaltet.

Gerade noch rechtzeitig vor Weihnachten würde ich in einem Saal zusammen mit mehreren hundert Fans, der Presse und meinem Verlagsteam mein neuestes Werk präsentieren. Doch so wirklich konnte ich mich noch nicht darauf freuen, denn ich würde diesen Abend ohne meine Familie und meine Freunde verbringen.

Die Idee mit der Präsentation fiel meiner Verlegerin Fiona vergangene Woche ein, als sie mir freudestrahlend mitteilte, dass die Vorbestellungen für *Red Flag* sämtliche Erwartungen des Verlags übertrafen und wir den Fans dafür etwas zurückgeben müssten.

Durch die ganzen Vorfälle der letzten Wochen hatte ich vollkommen vergessen, es Sascha, Andreas, Sandra, Linda oder sonst jemandem zu erzählen. Seufzend schloss ich die Augen und ließ den Kopf an die Wand zurücksinken.

»Vermutlich ist das auch besser so«, flüsterte ich in die Stille des Hotelzimmers hinein.

Seit vier Tagen war ich bereits hier. Seit vier Tagen hatte ich nicht mehr richtig gegessen. Seit vier Tagen hatte ich das Zimmer nicht verlassen.
Ich hatte zu große Angst, dass mich der Typ, nun da ich alleine und ohne jeden Schutz war, wirklich umbringen würde.

Nichts half dabei, mich abzulenken. Das Buch war fertig und bereits in Druck. Im Fernsehen fand ich einfach nichts, das meine Aufmerksamkeit lange genug von den Problemen rund um mich herum ablenken konnte. Auch mein Handy hatte ich nicht bei mir. Ich hatte es in Hallstatt zurückgelassen.
Nicht nur aus Angst, man könnte mich dadurch orten, sondern auch, weil ich wusste, dass ich nicht auf ewig würde widerstehen können und irgendwann Sascha angerufen hätte.

Gott, ich vermisste ihn!

Aber so war er in Sicherheit. Immer wieder hielt ich mir das vor Augen.

Ich würde diese paar Wochen schon überstehen.

Oder?

KAPITEL 28

Sascha

»Scheiße, scheiße, scheiße!«, schrie ich und schmetterte das Glas, das ich bis eben noch in der Hand gehalten hatte, wütend an die nächste Wand. Frustriert fuhr ich mir durch die Haare.

Seit über zwei Wochen suchte ich Tag und Nacht nach ihr. Ohne jedes Ergebnis. Andreas und Sandra hatten die ersten Tage noch geholfen, doch nachdem wir Annis Handy in ihrem Haus gefunden hatten, waren die beiden der Überzeugung, dass sie nicht gefunden werden wollte und irgendwann sicher wiederkam.

Diese Ansicht mochte vielleicht richtig sein, aber nicht zu wissen, wieso sie diesen Schritt so plötzlich gewählt hatte, ob etwas passiert war, und ob es ihr gut ging, war kaum auszuhalten. Nein, ohne diese Gewissheit konnte ich nicht aufhören. Aber wo sollte ich noch suchen? Mir gingen die Ideen aus.

Und von dem Kerl, der hinter ihr her war, fehlte auch noch immer jede Spur. Kein Wunder, war er doch vermutlich ebenfalls verschwunden, als Anni fortging. Seufzend nahm ich eine Bierflasche aus meinem Kühlschrank und gönnte mir einen kräftigen Schluck. Ich wollte sie einfach nur wieder bei mir haben.

Ein schnelles und lautes Klopfen an meiner Haustür ließ mich auffahren. Voller Hoffnung, es könnte sich um Anni handeln, öffnete ich die Tür. Andreas stand schnell atmend und mit seinem Handy in der Hand vor mir.

Sandra lehnte, ebenfalls nach Luft schnappend, an meinem Gartenzaun.

»Andreas? Was?«

»Anni!«, keuchte er. Bei der Erwähnung ihres Namens klopfte mein Herz schneller.

»Was ist mit ihr?« Er drückte mir daraufhin sein Handy in die Hand. Eine Fiona hatte ihm geschrieben. Stirnrunzelnd überflog ich die Zeilen. Und dann nochmals. Und nochmals.

Lieber Andreas!

Bitte bestätige noch deine Teilnahme für die Party am 20.12. um 19:00 Uhr im Casino Wien. Nimmst du eine Begleitung mit?

Liebe Grüße,

Fiona

Genervt sah ich meinen Partner an.

»Andreas, warum zeigst du mir das? Wenn du von irgendwelchen Frauen zu Partys eingeladen wirst, musst du das wohl eher mit Sandra besprechen und nicht mit mir.« Frustriert warf Andreas seine Arme in die Luft.

»Du verstehst aber auch wirklich gar nichts! Fiona ist Annis Verlegerin! Das bedeutet, die Party im Casino muss für ihr neues Buch sein!« Perplex starrte ich ihn an.

»Du … du meinst …«

Triumphierend nickte er. »Wir wissen endlich, wo sie ist!«

KAPITEL 29

Anni

Nur noch knapp zwei Stunden bis zur Präsentation meines Buchs. Ich war nicht wirklich nervös, aber ich hatte ein ungutes Gefühl in der Magengegend. Ein Klopfen an meiner Zimmertür ließ mich dieses Gefühl kurzfristig vergessen.

»Wer ist da?«

»Ich bin's, Fiona. Mach die Tür auf, Süße.« Ich ließ meine Verlegerin herein.

»Aber warum bist du denn noch nicht angezogen? Wir müssen gleich los! Husch, husch!« Seufzend nahm ich das ausgesuchte Kleid vom Haken und schlüpfte hinein. Es war ein schlichtes rotes Etuikleid mit einem schwarzen Gürtel. Fiona meinte, es würde so gut zum Buchtitel und zum Cover passen, das musste ich einfach tragen! Während sie mir half den Reißverschluss zu schließen und ich mir ein letztes Mal durch die gewellten Haare fuhr, erklärte sie mir jedes geplante Detail des heutigen Abends.

»So, und nach der Vorstellung folgt die Signierstunde. Keine Sorge, deine Gäste werden unterdessen schon in den Nebenraum gebracht und versorgt. Ist alles schon organisiert.« Ohne eine Miene zu verziehen, das ging auch gar nicht anders, da ich gerade meinen Lidstrich nachzog, erwiderte ich.

»Ich habe dieses Mal keine Gäste, Fiona.« Im Spiegel sah ich, wie sie verwirrt die Stirn in Falten legte und auf ihrem Tablet herumwischte.

»Aber klar hast du Gäste. Ich habe sie doch persönlich eingetragen. Moment. Hier! Andreas Manser, Sandra König und Sascha Richter. Sie müssten schon auf dem Weg ins Casino sein.« Vor lauter Schreck fuhr ich mir mit dem schwarzen Eyeliner quer über die Wange.

»Was? Aber woher wissen sie denn davon? Ich habe ihnen absichtlich nichts erzählt!« Noch immer ganz verdattert sah mich meine Verlegerin an.

»Na, ich habe sie eingeladen. Also, zumindest gilt das für Andreas. Ich frage doch immer bei ihm nach, wenn er sich nicht rechtzeitig meldet. Du sagst doch selbst, dass er manchmal ziemlich vergesslich ist. Und er war doch bisher immer dabei. Ich konnte doch nicht wissen, dass du …« Den zu lang geratenen Lidstrich wegwischend stapfte ich wütend auf meine Verlegerin zu.

»Sorg' dafür, dass sie von der Liste gestrichen werden! Sofort!«, verlangte ich mit lauter Stimme und klopfendem Herzen. Stammelnd bejahte Fiona, fischte ihr Handy heraus und verließ das Zimmer. Das ungute Gefühl von vorhin war mit voller Wucht zurückgekehrt.

Genau das hatte ich verhindern wollen! Sascha, Andreas und Sandra sollten möglichst weit weg von mir und diesem Irren sein. Die zuständige Sicherheitsfirma war damit beauftragt, jeden Angestellten genau zu überprüfen und nur die geladenen Gäste einzulassen. Blöd nur, dass meine Freunde nun ebenfalls dazu zählten. Hoffentlich konnte Fiona sie noch rechtzeitig streichen lassen.

Als hätte sie nur auf ihr Stichwort gewartet, öffnete Fiona vorsichtig die Tür und sah mich zerknirscht an. Das bedeutete sicherlich nichts Gutes.

»Du hast den Zuständigen nicht erreicht«, schlussfolgerte ich, aber sie schüttelte den Kopf. »Doch, ich habe jemanden erreicht.«

»Und?« Jetzt wurde ich langsam ungeduldig. Nervös kaute sie auf ihrer Unterlippe.

»Sie sind schon da und die Presse auch. Das bedeutet …« »… wenn sie nicht freiwillig gehen, was sie garantiert nicht tun werden, haben wir keine Chance, das Ganze ohne Aufsehen und vermutlich schlechter Publicity über die Bühne zu bekommen«, vollendete ich ihren Satz. Fiona nickte und ich ließ stöhnend den Kopf in den Nacken fallen.

»Verdammt«, seufzte ich und schloss die Augen. Es musste doch eine Möglichkeit geben, sie aus dem Präsentationsraum zu bekommen.

Denn so, wie ich diesen Irren mittlerweile einschätzte, würde er heute auch hier sein. Fieberhaft überlegte ich.

»Fiona!« Mit großen Augen sah sie mich an.

»J-Ja?«

»Ich weiß, wie wir sie aus dem Raum bekommen ohne Aufsehen zu erregen.«

»Und wie willst du das anstellen?« Triumphierend grinste ich.

»Ganz einfach. Pass auf.«

KAPITEL 30

Sascha

Nervös von einem Bein aufs andere steigend wanderte mein Blick immer wieder zwischen meiner Uhr und der Bühne, auf der ein Tisch, ein Stuhl und viele von Annis neuen Büchern standen, hin und her. In wenigen Minuten müsste es losgehen und der Saal war auch schon gerammelt voll.

Zahlreiche Presseleute, Kamerateams und Fans hatten sich eingefunden. Aber auch die Security, die laut einer Casinomitarbeiterin extra für Annis Buchvorstellung engagiert worden war, hatte sich verteilt. Es sah auf den ersten Blick so aus, als könnte hier niemand auch nur einen Schritt tun, ohne bemerkt zu werden. Auf mein geschultes Polizeiauge wirkte das jedoch ganz anders.

Die Security Mitarbeiter starrten vor sich hin und überlegten vermutlich gerade, wie sie ihren Abend verbringen wollten oder was sie essen würden. Wahrscheinlich wurden sie sonst eher in Fußballstadien und bei Dorffesten eingeteilt, aber nie bei so wichtigen Dingen wie hier. Dann blieb die ganze Arbeit wohl allein an Andreas, Sandra und mir hängen. Und so, wie die beiden schauten, hatten sie genau dieselben Gedanken wie ich.

Die Eingangstür wurde erneut geöffnet und herein strömten einige Polizistinnen und Polizisten in Uniform.

Eine kurze Welle der Erleichterung überkam mich, dass Anni nun doch ausreichend geschützt war, aber diese währte nur kurz.

»Oh, falscher Raum. Verzeihung!«, sagte der vorangehende Polizist und begann, seinen Kolleginnen und Kollegen mitzuteilen, dass sie wieder gehen sollten. Verdammt. Das wäre auch zu schön gewesen.

»Andreas?« Eine Stimme neben uns lenkte uns alle von dem kleinen Chaos ab, das die ungeladenen Gäste verursachten. Eine Frau in einem schwarzen Businessoutfit, hohen Schuhen und mit einem Tablet in der Hand sah uns an.

»Hallo Fiona«, grüßte Andreas sie und schüttelte ihr die Hand.

»Es freut mich sehr, dass ihr kommen konntet. Dann bist du wohl Sandra und du musst Sascha sein. Freut mich!« Nacheinander reichte sie uns die Hand.

»Sollten Sie nicht bei Anni sein?«, fragte ich sie argwöhnisch, doch ihr Lächeln verrutschte keine Sekunde.

»Ja, aber sie hat mich gebeten, euch alle zu holen. Sie möchte euch gerne nochmals sehen, bevor die Präsentation beginnt.« Ohne auf eine Antwort zu warten, ging die zierliche Frau voran und führte uns an der Bühne vorbei in einen dahinterliegenden Raum. Bevor ich eintrat, warf ich noch einen Blick über die Schulter und sah, dass die letzten Polizisten gerade dabei waren, den Raum zu verlassen. Doch das machte nichts angesichts dessen, dass Anni zur Vernunft gekommen war und uns sehen wollte.

Bei dem Gedanken, Anni in wenigen Sekunden endlich wieder in meinen Armen halten zu können, kribbelte mein ganzer Körper. Ich fühlte mich beinahe wie ein Schuljunge vor seiner ersten Verabredung. Etwas nervös wischte ich mir die Handflächen an meinen Oberschenkeln ab, bevor ich an Fiona vorbei in den Raum ging. Andreas und Sandra folgten mir.

Doch der Raum war leer.

»Fiona, wo ist …«, begann Andreas zu fragen, doch in diesem Moment wurde die Tür hinter uns geschlossen. Fassungslos starrten wir alle einige Sekunden darauf, bevor ich versuchte, sie wieder zu öffnen. Aber sie war und blieb verschlossen. Wütend schlug ich mit der Hand dagegen.

»Fiona!«, rief ich.

»Es tut mir leid. Anni wollte euch nicht im selben Raum mit allen anderen haben«, erklang die leise Erklärung.

»Verdammt, Fiona! Es geht um Annis Sicherheit! Mach die Tür auf, verflucht!«, schrie ich ihr durch die geschlossene Tür zu, doch Fiona blieb stumm. Fluchend fuhr ich mir durch die Haare und sah mich nach einem anderen Ausweg um. Aber bis auf ein Fenster, das sich nicht öffnen ließ, wie Andreas mir mitteilte, gab es keine Möglichkeit hinaus.

»Lasst mich einmal etwas versuchen.« Ich machte Sandra Platz und sie ließ sich vor der Tür auf die Knie sinken. Sie inspizierte das Schloss und griff dann in ihre Handtasche. Neben mir lachte Andreas auf, als seine Freundin ein kleines Türöffner-Werkzeug-Set daraus hervorzog.

»Bin ich mit einer Polizistin oder einer Meistereinbrecherin zusammen? Also, das ist irgendwie heiß!«, scherzte er, doch weder Sandra noch ich erwiderten etwas darauf. Mit konzentrierter Miene werkte sie an dem Schloss herum. Mehrere Minuten später hielt ich es nicht mehr aus.

»Und?«, fragte ich, doch Sandra schüttelte den Kopf.

»Das ist kein gewöhnliches Schloss. Das dauert leider etwas länger.« Unruhig begann ich, auf und abzugehen, als wir plötzlich lauten Applaus hörten.

»Verdammt«, murmelte ich. Die Präsentation hatte bestimmt gerade angefangen und Anni war auf die Bühne getreten.

»Sandra, beeil dich!«, stachelte ich sie an.

»Wenn du mich weiter so drängst, geht es auch nicht schneller«, antwortete sie mir mit zusammengebissenen Zähnen. Wir hörten, wie sich Anni bei allen Anwesenden für ihr Kommen bedankte und begann, die Geschichte ihres Buchs zu erzählen. Einerseits beruhigte es mich, ihre Stimme zu hören. Andererseits war ich nicht da draußen und konnte sie nicht beschützen, sollte dieser Irre auch hier sein. Natürlich hatte dafür niemand einen Beweis, aber ich hatte bei der ganzen Sache hier ein sehr ungutes Gefühl.

»Ha!«, rief Sandra aus, stopfte ihr Werkzeug in die Tasche zurück und rappelte sich auf. Eine Sekunde später stand die Tür offen und wir drei wären am liebsten gleichzeitig aus dem Raum gestürmt. So schnell wir konnten hasteten wir in den Präsentationssaal und sahen zu Anni auf.

Als sie uns erblickte, weiteten sich ihre Augen und sie geriet kurz ins Stocken. Schnell fing sie sich wieder und lächelte eine Reporterin an, deren Frage sie wohl gerade beantwortete. Mit wachsamen Blicken sahen wir uns im Raum um. Die Security Mitarbeiter sahen weiterhin so gelangweilt aus wie eben schon. Nur einer von ihnen ließ die Bühne nicht aus den Augen. Immerhin.

»Wer möchte als nächstes eine Frage stellen?«, fragte Anni und sah ins Publikum.

»Wie wäre es, wenn Sie uns erklären, warum Sie die Männer so verteufeln?«, ertönte eine tiefe Männerstimme. Suchend sah ich mich im Raum um, doch ich konnte nicht ausmachen, woher die Frage kam. Ein Raunen ging durch die Menge. Auch Anni sah sich angestrengt nach dem Fragesteller um, sah ihn aber offenbar ebenfalls nicht.

»Ich verteufle die Männer keineswegs. Meine Hauptcharaktere sind alle samt starke und unabhängige Frauen. Ich möchte mit meinen Büchern zeigen, dass es auch ein Happy End geben kann ohne einen Ritter in strahlender Rüstung und auf einem weißen Pferd. Denn das ist für sehr viele Frauen die Realität. Wir leben im Jahr 2023, und ich bin davon überzeugt, dass die Einstellung, eine Frau sei nur dann etwas wert, wenn sie an der Seite eines Mannes steht, schon längst überholt ist. Daher nein, ich verteufle die Männer nicht. Aber für viele Frauen ist das Leben auch sehr schön ohne einen Mann.«

Plötzlich ging alles ganz schnell. Der Security Mitarbeiter, der zuvor als einziger die Bühne überwacht hatte, stürmte ein paar Schritte nach vorne und zog eine Waffe. Die Menge schrie auf und versuchte, so schnell wie möglich aus dem Raum zu gelangen.

Erst bei genauerem Hinsehen bemerkte ich, dass der Anzug des Mitarbeiters anders aussah als bei den anderen. Diese waren gerade damit beschäftigt, die Leute, die in Panik wild durcheinander schrien und alle gleichzeitig versuchten durch die Tür zu drängen, aus dem Raum zu schaffen, aber keiner kam auf die Idee, sich um die eigentliche Bedrohung zu kümmern.

»Feiglinge!«, schimpfte ich sie gedanklich, ehe ich mich wieder Anni und dem Kerl mit der Waffe widmete. Auch Andreas, Sandra und ich waren näher an die Bühne herangetreten, standen jedoch genau auf der anderen Seite des Schützen. Anni war aufgestanden und wollte eben einen Schritt zurück machen, da feuerte dieser Verrückte einen Schuss ab.

»Anni!«, rief ich über die Schreie der Besucherinnen und Besucher hinweg. Anni war zusammengezuckt, richtete sich bei meinem Ruf jedoch wieder auf. Sie schien nicht verletzt zu sein.

Aber allein dafür, dass dieser Mistkerl es gewagt hatte, eine Waffe auf mein Mädchen zu richten, würde ich ihn eigenhändig hinter Gitter bringen.
Als er den Schuss abgegeben hatte, war ich instinktiv zwei Schritte vorgetreten. Als ich nun wieder zu dem Schützen blickte, erkannte ich ihn.

Er war ungefähr so groß wie ich, hatte einen dunklen Bart und kurze braune Haare und war ungefähr Ende dreißig. Es war der Kerl, den ich schon zweimal abends vor Annis Haus angerempelt hatte. Ich hatte ihn für einen Nachbarn gehalten, aber da war ich offenbar falsch gelegen.

Mein Ausruf hatte auch ihn dazu veranlasst, zu mir zu blicken.
Ein teuflisches Grinsen erschien auf seinem Gesicht. Auch er schien mich zu erkennen.

»Sieh an. Auch dein Polizistenfreund ist da. Hast du dir denn nicht gemerkt, was ich dir geschrieben habe?«, fragte er und sah nun wieder Anni an, die Waffe noch immer auf sie gerichtet. Mit jeder Sekunde, die die Mündung auf mein Mädchen zeigte, verspannte ich mich mehr.

»Nein. Nein, ich habe es nicht vergessen! Er sollte überhaupt nicht hier sein! Bitte! Bitte lassen Sie ihn in Ruhe. Er hat Ihnen doch nichts getan!«, flehte sie und sah panisch immer wieder zu mir.

Was hatte ihr der Kerl geschrieben? War das etwa der Grund gewesen, warum sie vor drei Wochen einfach verschwunden war? Nun mischte sich zu meiner Anspannung auch noch Wut. Der Kerl hatte mir meinen Tollpatsch weggenommen und nun bedrohte er sie! Er richtete das Wort erneut an Anni.

»Aber du! Du hast mir meine Isabelle weggenommen! Du und deine bescheuerten Emanzenbücher! Nur deinetwegen ist sie weg! Du hast unsere Ehe zerstört, du Schlampe! Und darum werde ich dir das wegnehmen, was dir am wichtigsten ist! Dann sind wir quitt!«, schrie er.

»Nein!«, rief Anni aus, doch ich konzentrierte mich nur auf den Mann und die Waffe, die nun auf mich gerichtet war. Bevor ich reagieren konnte, drückte er ab.

»Nein!« Annis markerschütternder Schrei erklang wie aus weiter Ferne, als zwei weitere Schüsse fielen. Ein Brennen breitete sich in meinem Oberkörper aus. Auch in meinem Kopf pochte ein dumpfer Schmerz, als ich irgendwo dagegen schlug.

»Sascha! Sascha! Kannst du mich hören?« Annis tränennasses Gesicht tauchte über mir auf. Ihre Hände schienen überall zu sein, doch mit jeder Sekunde, die verstrich, fühlte ich sie weniger.

Auch Andreas kniete nun über mir. Er schrie etwas, das ich nicht verstehen konnte, und drückte mir auf den Bauch. Ein Schmerz durchzuckte mich und ich stöhnte auf.

»Hey, hey. Bleib bei mir, hörst du? Sascha, hörst du? Ich bin da. Ich bin da. Ich bin da …« Anni umfasste mein Gesicht und legte ihre Stirn an meine.

»Ich liebe dich. Bitte bleib bei mir. Ich brauche dich! Ich liebe dich!«, flüsterte sie, und trotz der Schmerzen an meinem Bauch und dem dumpfen Gefühl der Taubheit, das mich zu übermannen drohte, lächelte ich und mir wurde ganz warm ums Herz.

»Ich liebe dich auch«, versuchte ich zu flüstern, doch es kam kein Wort aus meinem Mund. Anni schluchzte und murmelte immer wieder, dass ich bei ihr bleiben sollte, dass sie mich brauchte. Dass sie mich liebte.

Ich wollte sie in den Arm nehmen, ihr versichern, dass alles gut werden würde und ich sie mehr liebte, als sie es sich jemals vorstellen konnte. Aber noch immer brachte ich keinen Ton heraus. Gerade, als mein Blickfeld anfing zu verschwimmen, nahm ich schnelle Schritte wahr.

Kurz darauf wurde Anni von mir weggerissen. Ich hörte ihr Weinen, ihr Flehen, dass ich bei ihr bleiben sollte.

Ich wollte nicht weg von ihr. Wollte protestieren.

Wollte sie wieder bei mir spüren.

Plötzlich umfing mich eine tiefe Schwärze und aller Schmerz verschwand mit mir darin.

KAPITEL 31

Anni

»Lass mich los, Andreas! Ich muss zu ihm! Er braucht mich! Ich …« Schluchzend versuchte ich, mich aus Andreas' Umarmung zu befreien, doch er hielt mich eisern fest.

»Du kannst gerade nichts für ihn tun, Anni! Die Sanitäter tun alles, um ihm zu helfen! Lass sie ihre Arbeit machen.« Kopfschüttelnd und mit blankem Horror beobachtete ich durch einen Tränenschleier, wie die soeben eingetroffenen Sanitäter neben Sascha knieten.

Ich verstand kein Wort von dem, was sie sagten, mein ganzer Fokus lag einzig und allein auf dem Mann, den ich so sehr liebte und den ich heute vielleicht verlieren würde. Mein Blick wanderte über seinen leblosen Körper, über das viele Blut, das sich beinahe überall befand und schließlich zu seinem Gesicht. Er war fahl und seine Augen waren geschlossen.

»Wie-wieso sind seine Augen geschlossen? Wieso ist er nicht wach? Hey! Tun Sie doch was, er hat die Augen geschlossen!«, brüllte ich die Sanitäter panisch an.

»Anni! Anni, hör mir zu!« Sandra tauchte vor mir auf und nahm meine Hände in ihre.

Andreas hielt mich weiterhin wie in einem Schraubstock gefangen. Hektisch versuchte ich, an Sandra vorbeizusehen, aber sie stellte sich mir immer wieder in den Weg.

»Anni!«, rief sie streng, und dieses Mal schaffte ich es, mich auf ihr Gesicht zu fokussieren. »Die Sanitäter verarzten ihn. Er muss ins Spital und vermutlich operiert werden. Er ist nur ohnmächtig. Seine Atmung und sein Puls sind gut, sagen die Sanitäter. Versuch, dich zu beruhigen, Anni. Sascha braucht dich jetzt mehr denn je. Aber du musst dich erst beruhigen, damit wir mit ins Spital fahren können. Okay?«

Ich wusste nicht, aus welchem magischen Universum sie gerade aufgetaucht war, aber genau diese Worte hatte ich hören müssen. Wie auf Knopfdruck hörte ich auf zu weinen und wurde ganz ruhig in Andreas' Armen.

»Du kannst mich jetzt loslassen, Andreas«, sagte ich leise, mein Blick noch immer fest auf Sascha gerichtet. Unsicher und mit hochgezogener Augenbraue sah mich mein bester Freund an.

»Bist du sicher?« Ich nickte und er entließ mich zögerlich aus seiner Umklammerung. Inzwischen hatten die Sanitäter Sascha auf eine Trage gelegt und fuhren ihn aus dem Raum. Eilig folgte ich ihnen, nicht auf irgendwelche Fragen der Journalisten um mich herum eingehend.

»Ich möchte bitte mitfahren«, ließ ich die Sanitäter wissen.

»Sind Sie verwandt?«

»Ich bin seine Verlobte«, erwiderte ich und wunderte mich im selben Augenblick, wie leicht mir diese Lüge über die Lippen kam. Kritisch beäugte der erste Sanitäter meine ringlosen Hände.

»Wir wollten es heute offiziell machen … und ein bisschen für die PR nutzen«, erklärte ich rasch und hoffte, er würde es mir abkaufen.

»Na, das wäre sicher eine schönere Schlagzeile gewesen«, meinte er nur und bedeutete mir, ebenfalls in den Rettungswagen zu steigen.

Ich hielt Saschas Hand die gesamte Fahrt über. Im Spital angekommen folgte ich der Trage, soweit ich durfte. Eine Schwester informierte mich, dass ich im Wartebereich Platz nehmen konnte. Mechanisch nickte ich und setzte mich auf einen der Stühle.

Nach und nach kamen auch Andreas, Sandra, Fiona und noch einige andere meiner Helferinnen und Helfer, die vor Ort gewesen waren. Auch die Polizei kam und wollte mich verhören. Davon brachten sie jedoch Andreas und Sandra wieder ab. Ich wäre auch nicht in der Lage gewesen, mich zu konzentrieren. Nicht, bevor ich nicht wusste, wie es Sascha ging.
Immer wieder wurde ich gefragt, ob ich etwas trinken wollte, etwas essen, schlafen, mich frisch machen … jedes Mal verneinte ich. Ich wollte nur zu Sascha!

Genau vier Stunden und zweiundzwanzig Minuten nachdem ich mich auf diesen Platz im Wartezimmer gesetzt hatte, kam eine Ärztin zu uns.

»Frau Roger?« Ich sprang förmlich von meinem Sessel auf.
Die Ärztin lächelte mich an.

»Ihrem Verlobten geht es den Umständen entsprechend gut. Wir konnten die Kugel entfernen und es wurden keine lebenswichtigen Organe verletzt. Er wird wieder vollständig gesund.«

»Oh, Gott sei Dank!«, hauchte ich und fühlte, wie meine Beine plötzlich unter mir nachgaben. Andreas fing mich gerade noch auf und half mir, mich wieder zu setzen. Die Ärztin kniete sich vor mich und fühlte meinen Puls.

»Sie können in ein paar Minuten zu ihm. Er sollte bald aus der Narkose erwachen. Ein paar Tage wird er zur Überwachung hierbleiben müssen, aber dann können Sie ihn wieder mit nach Hause nehmen.«

Zum ersten Mal seit Stunden rannen mir wieder Tränen die Wangen hinunter. Dieses Mal jedoch, weil ich so erleichtert war, dass es Sascha gut ging.

»Danke«, flüsterte ich. Sie drückte mir nochmals aufmunternd die Hand.

»Nichts zu danken. Aber trinken Sie bitte etwas, bevor Sie uns hier nochmal beinahe umfallen. Ihr Verlobter wäre darüber sicher nicht sehr glücklich.« Dann ließ sie uns allein.

Sandra reichte mir eine Wasserflasche und Andreas behielt weiterhin seine Hand auf meine Schulter gelegt.

»Es geht ihm gut, Anni. Gleich kannst du zu ihm«, sagte Sandra sanft und hielt meine Hand. Ich nahm einen großen Schluck Wasser und reichte ihr die Flasche wieder zurück. Lächelnd nickte ich und wischte mir die letzten Tränenspuren aus dem Gesicht.

»Sollen wir dich begleiten?«, frage Andreas, als endlich eine Schwester kam, die mich zu Sascha bringen würde. Ich schüttelte den Kopf und lächelte meine zwei Freunde dankbar an.

»Danke«, flüsterte ich wieder. Ich konnte auch die Erleichterung in ihren Gesichtern sehen. Ich hatte dazu wohl kaum beigetragen. Kein Wort hatte ich gesprochen, seitdem ich hier auf Neuigkeiten gewartet hatte. Doch ich konnte nicht anders. Ich musste mir erst sicher sein, dass es Sascha gut ging.

Nun folgte ich der Krankenschwester nervös durch einen langen Flur bis zu einer geschlossenen Tür.

»Sie können so lange bleiben, wie Sie möchten. Er wird noch ein wenig Zeit brauchen, bis er aufwacht, also erschrecken Sie sich nicht. Wenn Sie etwas benötigen, klingeln Sie bitte.« Ich bedankte mich bei ihr. Sie verließ mich, und ich sah wieder nervös auf die Tür.

Dahinter lag mein Sascha. Obwohl ich es kaum erwarten konnte, bei ihm zu sein, hatte ich dennoch Angst davor, ihn in einem Krankenhausbett zu sehen. Ich wusste natürlich, dass das durch seinen Job jederzeit passieren konnte. Doch dieses Mal war er nicht wegen seiner Arbeit hier, sondern meinetwegen. Dass er hier lag, verletzt und noch nicht bei Bewusstsein, er angeschossen worden war und operiert werden musste, das war allein meine Schuld. Weil ich ihn nicht hatte beschützen können.

Sollte ich wirklich hineingehen? Oder würde er mich vielleicht gar nicht sehen wollen? Unschlüssig kaute ich auf meiner Unterlippe herum.

»Frau Roger?« Die Stimme der freundlichen Ärztin von vorhin riss mich aus meinen Gedanken. »Stimmt etwas nicht? Wieso stehen Sie denn noch hier auf dem Flur? Ihr Verlobter freut sich sicher, Sie zu sehen, wenn er wieder aufwacht.« Zweifelnd schielte ich zurück zu der Zimmertür.

»Ich weiß nicht, ob das so stimmt«, erwiderte ich. »Er liegt doch meinetwegen hier. Er wurde meinetwegen angeschossen.« Mitfühlend legte mir die Ärztin eine Hand auf die Schulter.

»Sie dürfen sich nicht die Schuld an etwas geben, worauf Sie absolut keinen Einfluss hatten, Frau Roger.«

»Aber was, wenn er mich gar nicht sehen will? Was, wenn ...«

»Ich glaube, Sie irren sich da gewaltig, Frau Roger. Ihr Verlobter ist kurz vor der OP für ein paar Minuten zu sich gekommen. Das erste, das er wissen wollte, war, ob es Ihnen gut geht und wo Sie sind. Erst, als wir ihm versichert hatten, dass Sie nach der OP auf ihn warten würden, ließ er die OP zu.

Glauben Sie mir, er will Sie auf jeden Fall sehen.« Ein erleichtertes Lächeln legte sich auf mein Gesicht.

»Danke«, erwiderte ich zum wiederholten Mal und öffnete ohne zu zögern die Tür. Sascha lag in einem von zwei Krankenhausbetten.

Viele sagten immer, dass große, starke Männer in einem Krankenhausbett oftmals klein oder schwach wirken. Aber nicht mein Sascha. Er war noch immer genau der Mann, der mich vor allem und jedem beschützen würde, und den ich von ganzem Herzen liebte. Leise setzte ich mich neben ihn auf den Besuchersessel und griff nach seiner Hand.

Vorsichtig, darauf bedacht die Infusionsnadel nicht zu berühren, schob ich meine Finger zwischen seine. Behutsam gab ich ihm einen Kuss auf die Stirn und strich sanft mit einem Finger über seine Wange.

»Du bist der größte Sturkopf, der mir je in meinem Leben begegnet ist, Schnösel. Was du getan hast, war absolut leichtsinnig und dumm und …
absolut kitschig! Du warst heute mein Ritter in schimmernder Rüstung und hast mich gerettet. Dabei wollte ich doch dich vor diesem Irren beschützen.« Erneut gab ich ihm einen Kuss und seufzte.

»Ich hatte solche Angst, dich zu verlieren, Sascha. Bitte, tu mir so etwas nie wieder an. Bitte! Ich liebe dich so sehr, ich wüsste nicht …« Mir blieben die Worte im Hals stecken und ich ließ schluchzend meinen Kopf in meine freie Hand sinken. Er war hier. Er lebte. Das war alles, was im Moment zählte.

KAPITEL 32

Sascha

Leise Geräusche drangen an mein Ohr. Zuerst konnte ich nicht genau sagen, worum es sich handelte, doch dann erkannte ich es. Jemand weinte. Blinzelnd versuchte ich meine Augen zu öffnen, schloss sie jedoch gleich wieder, als mich grelles Licht traf. Ich drehte den Kopf von der Lichtquelle weg und weiter hin zu dem Geräusch.

Erneut öffnete ich vorsichtig die Augen. Noch immer war es unangenehm hell, doch sobald mein Blick auf die junge Frau fiel, die neben meinem Bett saß, war ich hellwach.

Anni.

Ein Lächeln stahl sich auf meine Lippen, bis ich Spuren von Blut an ihren Händen, Armen und ihrer Kleidung entdeckte. Hatte der Kerl sie verletzt? War ich zu spät gekommen? Was war überhaupt passiert?

»Hat er dich verletzt?«, brachte ich röchelnd hervor. Ihr Kopf schnellte nach oben. Mit großen, geröteten Augen sah sie mich an.

»Du … du bist wach!«, schniefte sie, doch ich konnte nur an das ganze Blut denken.

»Süße, hat er dich verletzt?«

»Nein. Nein, er hat mich nicht verletzt. Er hat dich …«

Sie brach mitten im Satz ab und biss sich auf die Unterlippe.

»Sascha, es tut mir so unglaublich leid! Ich hätte dich nie so in Gefahr bringen dürfen! Er hat mir schon vorher gedroht, dir etwas anzutun. Hätte ich das ernster genommen, dann wärst du jetzt nicht hier. Bitte, du musst mir glauben, dass es mir so unendlich leidtut! Es tut mir so leid!« Die letzten Worte verstand ich beinahe nicht mehr, weil Anni so schluchzte.

So gut ich konnte, die Schmerzen ignorierend, richtete ich mich auf und versuchte, sie in meine Arme zu ziehen.

»Hey. Schsch. Es ist alles gut, meine Schöne. Komm bitte her zu mir. Ich muss sicher sein, dass es dir gut geht.« Zögerlich stand sie auf und setzte sich auf die Bettkante. Sie half mir, den Kopfpolster zu richten und das Bett etwas höher zu stellen, damit ich sie ansehen konnte. Keine einzige Sekunde ließ ich dabei ihre Hand los.

Als sie endlich vor mir saß, begutachtete ich sie von Kopf bis Fuß. Bedacht fuhr ich mit meinen Augen jeden Zentimeter ihres Körpers ab. Ihre Wangen, ihren Hals, ihre Schultern, ihren Arm und ihre Taille bis zum Saum ihres Kleids. Dort hatte sich das meiste Blut gesammelt und ich deutete mit dem Kinn darauf.

»Von wem ist das ganze Blut? Bist du sicher nicht verletzt?« Zerknirscht schüttelte sie den Kopf.

»Es ist deins«, flüsterte sie und wieder stiegen Tränen in ihre Augen.

»Als er auf dich geschossen hat, da … ich dachte, du …« Beruhigend auf sie einredend zwang ich mich meinen bleischweren Arm zu heben und zog ihren Kopf an meine Schulter.

»Es ist alles gut, Süße. Ich bin da. Es ist alles gut.« Sie nickte und ihr Griff um meine Hand wurde fester.

»Du bist da«, flüsterte sie an meiner Schulter und ich strich sanft mit meinen Fingern über ihr Haar. Eine Weile saßen wir so da, ohne etwas zu sagen und genossen einander. Doch eine Sache lastete mir noch auf der Seele.

»Anni?«, fragte ich leise. Ohne sich von mir zu lösen, brummte sie einen zustimmenden Laut und hätte es nicht so weh getan, hätte ich gelacht.

»Kurz bevor alles schwarz wurde, da habe ich dein Gesicht gesehen. Und deine Stimme gehört.« Sie versteifte sich etwas in meinen Armen, bewegte sich ansonsten jedoch nicht.

»Hast du da gesagt, dass … dass du mich liebst?« Ich konnte ihr Gesicht nicht sehen, aber ich glaubte zu spüren, dass sie den Atem anhielt.

»Ja«, flüsterte sie, noch immer steif in meinen Armen. Erleichtert atmete ich aus.

»Gott sei Dank! Ich hatte schon Angst, ich hätte mir das nur eingebildet!« Langsam löste sie sich von mir und sah mich an.

»Das … das ist okay für dich?« Verwirrt sah ich sie an.

»Warum sollte das nicht okay für mich sein, Süße?« Unsicher senkte sie ihren Blick.

»Du bist nicht böse deswegen?«

»Anni, was zur Hölle redest du da eigentlich? Warum sollte ich denn böse auf dich sein? Herr im Himmel nochmal, ich freue mich so sehr darüber, dass ich es von allen Dächern dieser Welt schreien möchte! Du hast keine Ahnung, wie sehr du mir die letzten Wochen gefehlt hast. Welche Ängste ich ausgestanden habe, weil ich nicht wusste, ob ich dich je lebendig wiedersehen würde. Du bedeutest mir so viel mehr, als sich mit Worten sagen lässt, Anni. Ich hätte es nicht noch einmal ertragen, die Frau zu verlieren, die ich von ganzem Herzen liebe.

Denn das tue ich, Anni. Ich liebe dich. Mehr als du dir vorstellen kannst!« Erneut rannen ihr Tränen über die Wangen. Blitzschnell schlang sie ihre Arme um meinen Hals und vergrub ihr Gesicht.

»Ich liebe dich auch! Ich hatte solche Angst um dich! Ich wüsste auch nicht, was ich tun würde, wenn ich …« Sie stockte und versteifte sich erneut in meinen Armen.

»Was ist los?« Langsam lehnte sie sich ein wenig von mir zurück, blieb jedoch sitzen.

»Was meinst du damit, du hättest es nicht noch einmal ertragen, die Frau zu verlieren, die du liebst?« Ich schluckte und meine Augen weiteten sich. Dass ich das erwähnt hatte, war mir im ersten Moment gar nicht aufgefallen. Verdammt! Ihre Augen sahen forschend und mitfühlend zugleich in meine. Sie strich mir durchs Haar.

»Was ist dir passiert?«, flüsterte sie. Ich wusste, nun gab es kein Zurück mehr. Mich an sie klammernd holte ich tief Luft.

»Der Grund, warum ich mich von Graz nach Hallstatt versetzen ließ, war nicht nur eine gescheiterte Beziehung«, begann ich. Anni hörte mir aufmerksam zu und unterbrach mich nicht. Erneut atmete ich tief durch.

»Sie hieß Nicole. Wir lernten uns während unserer Schulzeit kennen, kamen zusammen und nach unserer gemeinsamen Ausbildung bei der Polizei verlobten wir uns. Wir hatten beide andere Partner bei der Arbeit zugeteilt bekommen, aber außerhalb konnte uns niemand trennen. Bis eines Tages ein Notruf von ihrem Partner abgesetzt wurde.« Ich schluckte und schloss die Augen.

»Er und Nicole waren zu einem Bankraub gerufen worden. Die Täter nahmen sie als Geisel mit und ließen ihren Partner verletzt zurück.

Er verstarb, noch bevor die ersten Kollegen eintrafen. Wir hatten keine Ahnung, wo wir nach Nicole suchen sollten.« Die nächsten Worte fielen mir unglaublich schwer.

»Wir fanden sie erst zwei Monate später.« Anni strich mir beruhigend über die Hand. Als ich meine Augen schloss, zuckte ich zusammen. Sofort sah ich alles wieder vor mir. Schnell sprach ich weiter.

»Wir hatten die Entführer ausfindig gemacht. Sie hatten Nicole im tiefsten Winter im Keller einer alten, baufälligen Waldhütte versteckt. Da sich niemand um sie gekümmert hat, ist sie dort erfroren. Sie musste auf dem kalten Boden schlafen und hatte keine Chance zu entkommen, da sie sie gefesselt hielten.«

Stumme Tränen rannen nun auch meine Wangen hinab. Anni lehnte ihre Stirn an meine und wir schlossen beiden die Augen.

»Ich habe sie in diesem Keller gefunden«, flüsterte ich. Anni gab einen erstickten Laut von sich, doch ich musste es ihr endlich erzählen.

»Sie lag zusammengekauert in einer Ecke. Sie hatte versucht, sich mit ihrer Jacke warm zu halten, aber …« Schluchzend brach ich ab, und Anni schloss mich in ihre Arme.

»Es tut mir so leid, dass du so etwas erleben musstest!«, flüsterte sie und gab mir einen Kuss auf die Stirn.

»Und es tut mir leid, dass du dir meinetwegen Sorgen machen musstest. Ich schwöre dir, ich wäre nicht einfach so gegangen, wenn ich das gewusst hätte!«

»Du kannst nichts dafür. Ich wollte es dir immer wieder erzählen, aber es hat einfach nie gepasst. Ich bin nur so froh, dass dir der Kerl nichts getan hat!« Eine Weile hielten wir uns still im Arm, bis ein Klopfen ertönte.

»Ja bitte?«, rief Anni und wir wischten uns beide die letzten, verräterischen Tränen von den Wangen.

Die Tür öffnete sich und Andreas und Sandra kamen herein.

»Hey. Wir wollten euch nicht stören, aber die Besuchszeit ist fast vorbei und wir wollten dich vorher noch sehen«, erklärte Andreas. Die beiden traten um das Bett herum und umarmten mich.

»Jag' mir nie wieder so einen Schrecken ein, Mann! Meinen Partner am Boden liegen zu sehen ist nichts, was auf meiner Bucket-Liste steht, klar?«, versuchte Andreas zu scherzen, doch ich sah, wie ernst er es damit meinte.

»Versprochen, Partner.« Auch Sandra umarmte mich und gab mir gleich darauf einen Klaps auf den Arm.

»Und auch mir darfst du so etwas nicht noch einmal antun! Du kannst mich doch nicht mit den beiden Streithähnen allein lassen!«, schimpfte sie grinsend und erntete dafür ein einstimmiges

»Hey!« von dem angesprochenen Nicht-Geschwisterpaar. Wir alle lachten, ich etwas vorsichtiger, da die Wunde noch immer schmerzte. Kurz darauf kam eine Schwester und informierte uns, dass die Besuchszeit vorbei war.

Ich protestierte, Anni würde auf keinen Fall irgendwo ohne mich hingehen!

»Sie bleibt. Sie geht nirgendwohin!«

»Herr Richter, Sie müssen sich ausruhen und die Besuchszeit ...«

»Die Besuchszeit ist mir scheißegal. Und wirklich entspannen und ausruhen kann ich mich nur, wenn ich weiß, dass mein Mädchen sicher ist. Und das ist sie bei mir.«

»Aber Herr Richter, das ist gegen die Vorschriften!« Anni wieder an meine Seite ziehend blickte ich gelassen zu der älteren Schwester.

»Ich bin Polizist. Glauben Sie mir, Vorschriften sind manchmal da, um gebrochen zu werden. Und das ist so ein Fall.« Anni kicherte leise neben mir und es war das Schönste, das ich seit langem gehört hatte. Die Schwester blickte ein paar Mal zwischen uns hin und her und seufzte dann ergeben.

»Na gut, Herr Richter. Aber dass Sie mir dennoch brav schlafen gehen. Sie beide!«, meinte sie mit einem Lächeln und verließ das Zimmer.

»Versprochen!«, riefen wir ihr hinterher und lachten, als die Tür ins Schloss fiel. Andreas und Sandra hatten die Szene schmunzelnd beobachtet und wünschten uns nun ebenfalls eine gute Nacht.

»Wartet!«, rief ich ihnen hinterher. Mir war gerade etwas eingefallen. »Was ist eigentlich mit dem Kerl passiert, der hinter Anni her war?« Andreas grinste und legte seiner Verlobten stolz einen Arm um die Schulter.

»Der wunderschöne Racheengel an meiner Seite hat ihn mit einem gezielten Schuss in den Oberschenkel außer Gefecht gesetzt. Der Kerl hatte keine Chance!« Ich lächelte dankbar.

»Ich hatte auch nichts anderes erwartet. Danke, Sandra«, erwiderte ich und drückte Annis Hand.

»Hey, meiner Familie kommt niemand zu nahe«, sagte Sandra und zwinkerte uns zu, bevor sie Andreas endgültig aus dem Zimmer zog.

Ich begann, ans andere Bettende zu rutschen und Platz für Anni zu machen.

»Was machst du denn da?«

»Wo willst du denn sonst schlafen?«, fragte ich verwirrt.

»Auf dem Sessel natürlich. Das zweite Bett kann ich ja schlecht belegen. Vielleicht brauchen sie es in der Nacht.« Ich zuckte mit den Schultern.

»Dann schläfst du eben bei mir. Auf dem unbequemen Sessel findest du doch nie Ruhe.«

»Du sollst dich aber erholen. Außerdem habe ich Angst, dass ich dir wehtue«, erklärte sie. Ich verdrehte die Augen und zog sie an meine Seite.

»Leg dich jetzt zu mir und keine Widerworte, Süße. Ich brauche dich heute und in jeder folgenden Nacht an meiner Seite, wie einen Schluck Wasser!« Darauf bedacht, mir nicht in irgendeiner Weise wehzutun, legte sich Anni endlich neben mich. Zufrieden kuschelte ich mich an sie und entspannte mich.

Auch sie wurde von Minute zu Minute lockerer, bis sie schließlich ihren Kopf an meine Schulter legte. Wir beide hatten die Augen geschlossen, bis mir noch etwas Wichtiges einfiel.

»Anni?«

»Ja?«, murmelte sie verschlafen. Ich lächelte und sah auf ihr Gesicht hinab.

»Ich liebe dich, mein kleiner Tollpatsch.«

Sie grinste und sah mir ebenfalls in die Augen.

»Und ich liebe dich, mein Schnösel.«

EPILOG

Anni

Ein Jahr später …

»Jetzt komm endlich, du lahme Ente! Wir haben heute noch einiges vor!« Lachend zog mich Sascha hinter sich her. Es war erneut kurz vor Weihnachten und wir waren wieder in Salzburg. Sascha hatte beschlossen, dass das nun unsere gemeinsame Tradition sein würde.

Wie bereits vor einem Jahr, als das mit uns begonnen hatte, hatten wir uns eine Sehenswürdigkeit ansehen, waren im Stammbräu essen gewesen und nun auf dem Weg zum Christkindlmarkt.

»Ich komme ja schon! Aber nur, wenn wir wieder einen Krapfen und Palatschinken holen!«, erwiderte ich ebenfalls lachend. Sascha lächelte mich mit funkelnden Augen an und zog mich kurzerhand an seine Brust.

»Alles, was du willst, mein Tollpatsch.« Grinsend gab ich ihm einen Kuss.

Das letzte Jahr war mit Abstand das beste meines Lebens gewesen. Nachdem Sascha wenige Tage später aus dem Spital entlassen worden war, hatten wir keine halben Sachen mehr gemacht.

Ich war mit Sack und Pack bei ihm eingezogen.

Das Haus meiner Großeltern hatten wir ein halbes Jahr lang liebevoll renoviert, um es schließlich an Feriengäste zu vermieten. Für den nächsten Sommer waren wir bereits voll ausgebucht! Aber meine Hütte hatte ich natürlich behalten. Sascha ließ es sich jedoch nicht nehmen, dort eine der modernsten Alarmanlagen einzubauen, die es auf dem Markt gerade gab. Ich hatte nichts dagegen einzuwenden. So fühlte ich mich sicherer, und er fragte nicht mehr alle paar Minuten nach, ob es mir gut ging, wenn er in der Arbeit war.

An seinen freien Tagen verbrachten wir im Winter jede Minute in dieser Hütte, besonders in meinem großen Bett, und im Sommer waren wir, so oft es ging, in der Natur unterwegs. Ich hatte an Ostern seine Familie kennengelernt. Ich mochte seine Eltern und seine Schwester auf Anhieb! Ich war sogar richtig traurig, als wir nach nur vier Tagen wieder abreisen mussten. Doch man konnte die allgemeine Erleichterung, dass es Sascha wieder besserging, durchwegs spüren.

»Hey, Schluss jetzt mit Tagträumen! Du holst die Palatschinken und ich den Krapfen. Wie immer. Und dann treffen wir uns wieder genau hier. Okay?« Scherzhaft salutierte ich.

»Zu Befehl, Sir!« Sascha verdrehte die Augen, drückte mir noch einen Kuss auf die Lippen und verschwand dann in Richtung Krapfenbude. Ich reihte mich in die Schlange des Palatschinken-Stands ein und wartete geduldig. Wenig später trafen wir uns am vereinbarten Standort wieder und genossen unsere Desserts. Kaum waren wir fertig, ergriff Sascha wieder meine Hand.

»Hast du noch Lust auf einen kleinen Spaziergang?« Natürlich hatte ich Lust. Gemeinsam schlenderten wir umher, bis wir wieder auf der Brücke mit den Liebesschlössern landeten.

»Erinnerst du dich?«, fragte Sascha leise und legte von hinten beide Arme um mich.

»Natürlich. Hier hat alles angefangen«, antwortete ich ihm grinsend.

»Ja. Das hier ist wirklich ein ganz besonderer Ort für uns beide.« Eine angenehme Stille breitete sich um uns herum aus. Plötzlich ließ Sascha mich los. Verwirrt drehte ich mich um.

»Was?«, begann ich, brach jedoch ab als ich sah, dass Sascha vor mir kniete und einen wunderschönen silbernen Ring in einer schwarzen Schatulle in der Hand hielt.

»Anni, mein Tollpatsch, mein Ein und Alles. Das letzte Jahr war das beste meines Lebens. Wir hatten Höhen und Tiefen, aber haben sie alle gemeinsam bezwungen. Ich kann und will mir ein Leben ohne dich nicht mehr vorstellen. Darum möchte ich dich heute, an unserem besonderen Ort, fragen.
Annika Roger, willst du mich heiraten?«

Heiße Tränen rannen mir über die Wangen und ich fiel ihm schluchzend um den Hals. Er umarmte mich und lachte leise.

»Ist das ein Ja?« Ebenfalls lachend löste ich mich von ihm und umfasste sein Gesicht.

»Natürlich ist das ein Ja, du Dummkopf!«, rief ich und küsste ihn stürmisch. Als er meine Hand ergriff, lösten wir uns voneinander und er schob mir den schönsten Ring, den ich je gesehen hatte, an den Finger. Voller Liebe sahen wir uns in die Augen.

»Ich liebe dich über alles, mein Tollpatsch.«

»Und ich liebe dich über alles, mein Schnösel.«

Es ist noch nicht zu Ende...

Hallstatt hat noch viele Geschichten zu erzählen! Aber ist wirklich immer alles so, wie es scheint?

Lernt Saschas jüngere Schwester Mila, den Amerikaner Aiden und seinen aufgeweckten Sohn Liam kennen, und freut euch auf ein Wiedersehen mit Anni, Sascha, Andreas und Sandra.

Seid gespannt auf Band zwei der "Mein Herz in Hallstatt" Serie!

Coming Soon!

Danksagung

Einfach nur DANKE zu sagen, wäre nicht genug…

Meinem Partner Christopher möchte ich von Herzen danken. Du hast nicht nur meine Träume verstanden, sondern warst auch immer an meiner Seite, mich unterstützend, wenn ich Zweifel hatte. Die gemeinsamen Urlaube für Recherchezwecke spiegeln sich nicht nur in diesem Buch wider, sondern sind auch für uns beide voller unvergesslicher Erinnerungen.

Ich möchte meine tiefe Dankbarkeit gegenüber meinen Eltern und meiner gesamten Familie (blutsverwandt und auch fast angeheiratet ;)) zum Ausdruck bringen. Ihr habt mir stets die Freiheit und Unterstützung gegeben, meine Leidenschaft zu verfolgen und somit dieses Buch zu schreiben. Ohne eure bedingungslose Liebe und Ermutigung wäre dies nicht möglich gewesen.

Meine älteste Freundin Yvi hat mir in dieser Reise so viel bedeutet. Du hast mein Manuskript nicht nur einmal, sondern mehrmals gelesen, mir wertvolles Feedback gegeben und unzählige Stunden in konstruktive Gespräche investiert. Deine Freude an meinem Erfolg war genauso leidenschaftlich wie meine eigene, und das bedeutet mir unendlich viel.

Danke an Meli, mit der ich einen der schönsten Mädels-Urlaube erleben durfte. Diese Reise hat nicht nur einen großen Platz in diesem Buch gefunden und einige meiner Kindheitserinnerungen wiedererweckt, sondern war auch in unserer Freundschaft ein ganz besonderer Wendepunkt, an den ich immer gerne zurückdenken werde.

An meine Freundinnen und Freunde, die stets an mich und mein Buch geglaubt haben, geht mein besonderer Dank. Eure Unterstützung und eure aufmunternden Worte und Neugier haben mich in den schwierigen Momenten motiviert und meinen Weg geebnet.

Ich möchte meiner Lektorin Katharina für ihre hingebungsvolle Arbeit und ihre wertvollen Inputs danken. Sie hat mein Werk zu dem gemacht, was es heute ist.

Ein besonderer Dank geht auch an Jenn für das wunderschöne Cover, das meine Geschichte so perfekt widerspiegelt. Ebenso danke ich Michelle für den wundervollen Buchsatz und die kunstvollen Verzierungen, die dem Buch eine ganz besondere Note verleihen.

Vielen Dank auch an Tamara, für deine Begleitung bei der Veröffentlichung. Ich wüsste nicht, wo ich ohne dich und die Buchschmiede jetzt wäre.

Euch allen, die mich auf diesem aufregenden Weg begleitet haben, gebührt meine aufrichtige Dankbarkeit. Ohne eure Unterstützung, eure Liebe, euren Glauben und eure konstruktive Kritik an mich wäre mein erstes Buch nicht das, was es heute ist. Ihr habt einen entscheidenden Beitrag zu meinem Erfolg geleistet, und dafür bin ich euch für immer dankbar.

Die Autorin

Lisa Laurin lebt mit ihrem Partner und ihrer kuschelsüchtigen Hündin Luna südlich von Wien.

Schon im Alter von acht Jahren schrieb sie ihre erste Kurzgeschichte in ein altes Schulheft. Neben dem Schreiben liebt sie ihre Hobbys: Lesen, Häkeln, Puzzeln, Kochen und natürlich so viel Zeit wie möglich mit ihren Liebsten zu verbringen.

Manchmal benötigt jedoch auch ein kreativer Kopf eine Auszeit. Dann gönnt sie sich einen Serienmarathon auf der Couch.